賢狼と行商人の娘
ミューリ
教皇庁の書庫管理手習い
カナン・ヨハイエム

「下界は空の色が違うと聞いたが、どうかね」

尋ねられ、自分も空を見上げる。

七人の選帝侯の一人

デュラン選帝侯

教会改革の旗手〝薄明の枢機卿〟
トート・コル
「こちらの空は、
青味が濃いような気がいたします」
「ここは下界よりも神の玉座に近いはずだが、
そなたの目ならば見えるかね」

天文学者の少女
アマレット

殺風景な石壁に、
必要最低限の家具と、
積み上げられた書物。
ただ、壁に貼られたのは
偉大なる救世主の似姿でもなければ、
天使の絵でもない。
巨大な天体図。
『見つけた』
呟くミューリの視線の先に、
大きな本を抱くようにして眠る、
一人の娘がいたのだった。

Contents

Designed by Hirokazu Watanabe(2725)

新説　狼と香辛料

狼と羊皮紙Ⓧ

MAPイラスト／出光秀匡

序幕

その服が黒いのには、理由があった。

夜の闇は、夜明け前が最も暗いからだ。

このいでたちを見れば、誰しもがすぐに理解する。

薄明の枢機卿という、そのふたつ名の意味を——。

どこの酒場で詩人から聞きかじったのか、そんな大仰な文章を夜な夜な夢中になって書き記していた少女が、目の前に立っている。

眉間に皺を寄せ、なぜそこまで真剣に、というくらい真剣になって、卵白を指に絡ませては、こちらの髪の毛を撫でつけていく。

何度目かの微調整を経て、体を起こして少し距離をとると、満足げに鼻を膨らませていた。

やや呆れつつ、きちんとした場では見た目も大事らしいのだから仕方ない。

実際、悪戯ばかりのお転婆娘でも、特徴的な銀髪をささやかに編み込んで、純白のローブに身を包んでいれば、清楚を絵に描いたような聖女に見える。

人呼んで太陽の聖女様は、上から下までこちらを見て、まあまあ納得したようにうなずいていた。

すると右側に控えていた少年が、恭しく聖典を差し出してくる。

騎士が剣を手にするように、商人が天秤を手にするように、聖典を手に取った。

こうしていれば、それなりに薄明の枢機卿に見えるのだろうと理解して。

けれど皮肉なことに、その薄明の枢機卿を実際に見たことがあるという者は、非常に限られているのだった。見たことがあるという者を見たことがある者さえ、稀だったろう。

それゆえに、我こそは薄明の枢機卿と誰かが名乗りを上げれば、人々は簡単にそれを本物だと信じてしまう。おまけに純粋な熱意によって、なにもない平野に町まで作り上げてしまう。

横暴な教会に辟易した人々が薄明の枢機卿に寄せる期待とは、それほどの力を持っている。

だが、あまりにも無邪気で無防備なのだった。

よからぬ輩にその力を利用されてはならない。

ならばその名にまだ相応しくないからといって、背中を丸めている場合ではない。

人々の過大な期待を無理に背負ってでも、戦わなければならないのだ。

それが狼煙をあげた者の、責任というものなのだから。

「いくよ、兄様」

聖女様の振りをした少女が、こちらに手を差し伸べてくる。

どれほど恐ろしいことでも、この小さな騎士がいてくれれば耐えられる。

それに、振り向けば送り出してくれる仲間がいる。

小さく深呼吸をし、薄明の枢機卿としての一歩を踏み出した。

まずは巨大な大聖堂で、帝国の一角を担う大司教と相まみえる。

その大司教は帝国における世俗貴族の地位も担う大物であり、味方につけることができれば教会との戦いでは大きな一歩となる。

初陣(ういじん)の相手として、不足はない。

見上げるばかりに高い、大聖堂の吹(ふ)き抜(ぬ)けを歩いていく。

巨大(きょだい)な石造りの円卓(えんたく)に、眼光鋭(するど)い貴顕(きけん)たちが集っている。

自分はひとつも怯(ひる)むことなく、彼らの前に立ったのだった。

第

一

幕

村に生まれた男の子たちは、棒を振り回して勇者の役をやりたがり、いつか戦場で武功を上げるのだと夢を見る。

時折そこに熱狂できない子供もいて、そんな子は皆が嫌がる教会での礼拝で熱心に祈り、村で唯一文字を読める司祭様に教えを乞う。やがてある者は商人に、ある者は村の公証人に、そしてある者は、未来の聖職者を志すことになる。

立身出世の物語はそんなふうにたくさんあって、酒場で楽器を奏でる楽師たちの、人気の演目のひとつになっている。

ただ、何事にも向き不向きがあるものだし、それ以上に、いざ憧れのなにかになってみたらこんなふうだとは思わなかった、ということがあるのもまた、世の中である。

特に、皆が憧れるという、名誉ある地位というのも、また。

「……兄様、いつまでこの街にいるの？」

ごとごと揺られる馬車の中。

客車には緋色の緞帳が下ろされ、すぐに貴族専用だとわかる。

教会を糺すというお題目を唱え、教会の長年の驕りによって積もりに積もった腐敗と戦う薄明の枢機卿を名乗る者としては、こんな馬車に乗るのはいささか矛盾をはらんでいる気がする。

けれど馬車に乗らずに街を歩けばどうなるか、つい先日、経験したばかり。

大聖堂での会議を終え、馬車にて宿まで送ろうと申し出る大司教の言葉を固辞し、ミューリと一緒にエシュタットの街を散策した。

薄明の枢機卿の偽者が人々の目をくらませていた頃は、大市の時期だというのにエシュタットの街は閑散としていた。けれどその偽者に熱狂した人々に、文字どおり水をぶっかけて目を覚まさせて以降、エシュタットは賑やかさを再び取り戻していた。

そこで大市を見物して回ろう、とミューリにねだられてのことだった。

せめて宿に戻って着替えてから、と言いたかったのだが、長い会議で鬱憤の溜まっていたミューリは聞く耳を持たなかった。

大聖堂の会議には近隣領主も含め、地位のある人ばかりが参加していたため、自分はハイランドから贈られた僧服を着ていた。ミューリのほうも純白のローブに身を包み、その笑顔で病さえ治すと称される太陽の聖女の格好をしていた。

どちらも堅苦しい服ではあったが、大市を散策するくらいならば平気かと、せいぜいそんなことを思った程度だった。

ただ、清楚を絵に描いたようなミューリが脂の滴る豚肉の串焼きを食べ歩くのはどうかと思い、蜂蜜を固めたお菓子ならばこの格好にも相応しかろうと、買い与えていた時のこと。

ふと後ろを振り向いて、ぎょっとした。

ものすごい数の人々が遠巻きに、じっとこちらを見ていたのだから。

その時のことを思い出しながら、馬車の緞帳の向こうに見える市場から、隣に座るミューリに視線を戻す。

「この街にはもうしばし滞在する必要があります。まず、大司教様と今後のことで覚書を交わすため、ウィンフィール王国から専門の文官の方がくるのを待たなければなりません。それに大司教様の話では、私たちの話を聞きつけたあちこちの領主様が、ここを目指している最中とのことでした。ひととおり顔つなぎが終わるまでは、街を出るわけにはいきません」

そもそも薄明の枢機卿の名前だけが世に広まり、誰も顔を知らないせいで、偽者騒ぎが起こったようなものだった。貴顕との会談はなにか実のあるものではなくとも、会うということそのものが大事なのだ。

しかしミューリのほうはというと、偉い人たちの会談なのだから、さぞ美味しい食べ物が出るに違いないとか思っていたらしい。

確かに毎回美味しそうなものが並ぶものの、食べている暇などないくらい次から次に挨拶され、握手を求められ、祈りを捧げられ、それから長男が貴女とちょうど同い年くらいで……と売り込みが始まったりする。

さしものミューリも、構われすぎた猫のようにぐったりした。

いつもならさっさと聖女のローブなど脱ぎ捨てて、銅貨を握りしめて街に繰り出しているところだが、生憎とそれもできなかった。

なぜなら、街中の人々に、顔がばれているからだ。

「はあ〜……私たちのことを、誰も知らないところに行きたい……」

ミューリはこちらにもたれかかり、もそもそと脇の下に顔を埋めてくる。

顔を知られ、髪色が目立つこともあり、一人で街をのんびり散策などできようはずもない。

さりとて宿で一人留守番をできる性格でもなく、結局大聖堂の会談についてくるのだった。

おかげで人目のないところでは、こんなふうに甘え放題だ。

薄明の枢機卿と太陽の聖女のこんな様子を市井の人々が見たら、一体なんと言うだろうか。

あの大市で蜂蜜菓子をミューリに買い与えた時、街の人々はそこに牧歌的で清らかな兄妹愛を見ていた……らしいのだが、太陽の聖女様は決して清楚でも従順でもないし、もちろん薄明の枢機卿は完璧な聖人像からほど遠い。

「名声を得るのが嫌だって言っていた私の気持ちが、少しはわかりましたか？」

そう言った時に自分の口元が微笑んでいたのは、別にミューリに小言を言うのが楽しかったからではない。

名誉は面倒な代物ではあるが、余禄もあるからだ。

偽者退治の際、調べ物のために立ち寄った時は面倒な手続きと寄付金が必要だった大聖堂の書庫にも、今は自由に入ることができる。おまけにどんな本だって借り放題だ。

今日は貴重な聖典の注解書を借りてきて、埃っぽくざらついた頁を愛おしげにめくっていたら、ミューリは恨めしそうに喉の奥で呻いていた。

「だって、少しも自由に遊べないなんて思わないもの……」

今の自分たちが自由に振る舞えるのは、この馬車の中と、宿、それにエーブが借り上げている倉庫くらいのもの。

それ以外はどこにいたって人の目があり、病を訴えたり、幸運を授けてもらおうとしたり、なんでもいいから神の御加護をと願う人々に取り囲まれる。

宿でさえ、宿の主人が気を利かせてくれなければ、部屋の前には大行列ができたことだろう。

「大聖堂の書庫にはたくさん本がありますよ。あなたも書庫に自由に入れて喜んでいたじゃないですか」

会談に心底うんざりしているミューリは、隙を見て書庫に籠もっていることが多かった。そこには戦を記したものなどもたくさんあったからだ。

ただ、太陽の聖女を一目拝もうという者たちは、書庫にも詰めかけていたらしい。

書庫の平穏を守る司書たちが、あからさまな連中は追い払ってくれているようだが、人の目は排除しきれない。おかげでミューリは背筋を伸ばして本を読むしかなく、ベッドに寝転び干し肉をかじり、尻尾をぱたぱたさせながらの読書なんていうのは夢のまた夢で、ミューリは不満たらたらなのだった。

「はあ……。ルワードおじ様たちから、剣も教えてもらうはずだったのになあ」

いつも元気なミューリが、カビの生えたパンみたいにぐずぐずだ。

少しかわいそうではあるものの、これで少しはお転婆が収まって、おしとやかさを身に着けてくれたらいいのだが。

そう思って、ミューリの頭をおざなりに撫でながら言った。

「城から抜け出そうと画策するお姫様の物語を、実体験できてよかったじゃないですか」

ミューリは唸り声を止め、肘でこちらの脇腹を小突いてから、ふて寝してしまったのだった。

大聖堂と宿とを往復するだけの生活に、ミューリの不満が破裂しそうになる頃、ようやく会談も一息ついた。

それで、久しぶりにエーブの借り上げている倉庫にお邪魔した。

迂闊に訪れると街の人々が詰めかけて、群衆を追い払うために街の衛兵が駆り出されることになるので、あまり気軽にはこられなかったのだ。

おかげで中庭では、ミューリが鬱憤を晴らすかのように剣の素振りに励んでいた。

残りの大人たちは、今後のことを話し合うために倉庫の一階に集まっていた。

ちょっと前までは閑散としていた倉庫が、今は荷物で満杯だ。エーブが薄明の枢機卿の威光を背にして、せっせと商いに精を出しているらしい。

おかげでまずはみんなで荷物を避けて場所を作り、そこに長テーブルを運び込んで、大きな地図を広げていた。

その地図に覆い被さらんばかりになってあれこれ書き込んでいくのは、街の誰よりも薄明の枢機卿に熱を上げているであろう、カナンだ。

「貴族層からの支持がこれだけ厚ければ、エシュタットの大司教様だけでなく、他の選帝侯の支援を得るのは容易かと思われます」

地図にびっしり書き込まれているのは、薄明の枢機卿に会いに、わざわざこの街までやってきた貴族たちの名前だ。

「事実、大司教様の下にはこの周辺だけではなく、帝国中から問い合わせがきているようです。皆さん、コル様の動向に大注目なのですよ！」

ここしばらくの間、会議や会談の場では、カナンが忠実な秘書官のように立ちまわってくれていた。

エシュタットが支配する領地だけでも、ものすごい数の町と村、それに教会があり、毎日何十人と面会希望者がやってくる。名のある領主だけでも相当な数で、おかげで自分は初日からもう誰が誰だかわからなくなっていた。

そこをカナンがせっせと名前を書き記し、特別な陳情がある場合は相手方の文官と話し、ぜひ我が領地にきて宴席をという誘いに対しては、適切に断ってくれた。

このあたりの振る舞い方は、一年中陳情の人間で溢れかえっている教皇庁で働いていたおかげで鍛えられたらしい。

貴族らしい慇懃さと、ある種の冷たさを使いこなし、機会がありましたら是非にと、右から左に捌いていってくれた。

自分だったら、断ったら失礼だろうかとかいちいち懊悩し、食い下がられたところについうっかり同意してしまい、それを見た別の人からも、ならば我が家にもぜひと言われ、たちまち破綻していたに違いない。

そしてこういう点では我が家の騎士様は役に立たないので、本当に助かっていた。

ただ、カナンの役割上、会議の間はずっと側にいることが多いせいで、ひとつ問題があった。

宿に戻るためにミューリと合流すると、狼の娘は胡乱な目つきでこちらの周りをぐるりと回り、すんすんとわざとらしく鼻を鳴らしてくるのだ。

その後にやたら体を寄せてくるのは、甘えるというより、縄張りの主張なのかもしれない。

呆れてため息をつきながら、地図に味方となりそうな領主たちの居所を書き込んでいくカナンを眺めていたところ、また別の者に声をかけられた。

「コル様。コル様の教えを記した書籍はないのかという問い合わせも、山のように積みあがっておりますよ」

書籍商の、ル・ロワだ。

「ぜひそろそろ、筆を執ってもらいたいところですが」

人の好さそうな笑顔でそう言う書籍商だが、教会を批判する書物を書けば飛ぶ鳥ももっと飛ぶ勢いで売れますよ、なんて持ちかけてくるのだから、油断ならない人物だ。

ただ、似たようなことは大司教からも言われた。

薄明の枢機卿の考えは、なるべく早く文書にしておくべきだと。

「ル・ロワ様のご提案には賛成です！」

地図から顔を上げたカナンが、力強く叫ぶ。

ミューリが警戒するくらい薄明の枢機卿のことを買ってくれているカナンだが、もちろん現実的な問題点も踏まえたうえでのこと。

薄明の枢機卿の噂は、本人のあずかり知らぬところでどんどん広まっている。おかげで薄明の枢機卿についての世間的な印象というのは、枯草に話しかければ花が咲き、不正を見つければ黒雲を呼び寄せて雷を落とせる、くらいにまで飛躍しているらしい。

そしてそんな馬鹿げた話ならばまだましで、薄明の枢機卿は死神の鎌のようなものを持って悪人の首を刎ねて回っている、という噂話すらあるらしく、悪影響が出ているのも確かなようだった。

実際に、あまり交通の便の良くない町を代表してやってきた商人などは、帽子を握りしめながら真剣な顔をしてこう訴えるのだ。

私たちは神の教えを守りたいのですが、おお、薄明の枢機卿様、お金稼ぎをまったく禁止されては生活が立ちゆかなくなるのです、どうか御慈悲を、薄明の枢機卿様……と。

そういう思い込みは、あまりよその町と交流がない者たちだけのものではない。

このエシュタットの大司教たちでさえ、似たようなところがあった。

オルブルクを巡る騒ぎの後、薄明の枢機卿の名を騙っていた偽者や、彼らに踊らされていたホーベルンに対し、寛大な処置をしてほしいと頼み込んだ時の彼らの驚いた顔は、今でも忘れられない。

大司教曰く、薄明の枢機卿はあらゆる不埒な者に神罰を降さんとして、悪人を捜して諸国を漫遊しているのだと思っていたそうなのだから。

だから、世に流布している人々の勘違いを糺すため、自分の考えをまとめた書物を著すというのは、とても必要なことなのだろうと思う。

ただ、どうしても気は重かった。

「私には、教会を糺したい気持ちはあるのですが、かといって自分の考えを広く知らしめたい気持ちがあるわけではなく……」

それにどんなことを書いても、誤解や曲解を招きそうで怖いというのもあった。

大市で呑気にミューリとそぞろ歩き、蜂蜜菓子を買いながらふと後ろを振り向いた瞬間の、あの様子。

ミューリはもちろん、自分たちの後をついてくる人々や、彼らの視線には気がついていたようだが、あれほどの熱意とは思っていなかったらしい。珍しく本物の妹のように、こちらの陰に隠れていた。

そんな人々に向かって自分の考えを述べるというのは、とても怖いし、あまりにおこがましいことのような気がしてしまった。

薄明の枢機卿の名を背負うとは決意しても、まだ両足は鍛えられていない。

いきなり重い荷物を背負っては、倒れてしまうだろう。

「では辻説教はいかがですかな」

そんな声を上げたのは、倉庫の片隅で熱心に聖典を読んでいた放浪説教師のピエレだ。

「辻説教は良いですぞ。人々を直接神の道にいざなう醍醐味がありますとも！　カナン殿とご一緒に、三人でいかがですかな⁉　お二人がいれば、拙僧も張り合いがありますとも！」

聞く耳を持たない連中の耳に神の教えをねじ込むのが得意、というピエレの熱意に、カナンと自分は揃って曖昧な笑顔を返しておいた。

ただ、このピエレがエーブの倉庫にいるのは、ここしばらくピエレに頼りきりの面があったからだった。

というのも、大聖堂には薄明の枢機卿の支持者だけでなく、物見遊山や、中にはやや批判的な領主や貴族たちもやってくる。そんな人たちが、握手と共に棘のある言葉を向けてくるたび、ピエレがのそりと姿を見せることになる。よかろう、戦である、とばかりに聖典片手に駆けつけてくれるので、実に心強かった。

そこにぱんぱんと、乾いた手を叩く音がした。

「諸君、元気そうでなによりだがね、さっさと次に赴く街を決めてくれないか。こちらも仕込みやらの時間が必要なんだよ」

広間に現れたのは、自分たちの衣食住や、ややこしい根回しの類を取り仕切ってくれているエーブだ。ハイランドの名代として、薄明の枢機卿一行の世俗的な世話を焼いてくれている。

「順当に考えれば、残りの選帝侯領のいずこかでしょうな」

ル・ロワが腹を揺すりながら、広げられた地図を見やる。

「ここの大司教様が懇意にしている選帝侯であれば、話も通しやすいでしょう。あるいは、帝国内にもうひとつある聖堂都市に赴くという道もありますが、私はあまりお勧めしません。カナンさんとしてはいかがですかな？」

カナンは頬にインクの汚れをつけたまま、真面目な顔でうなずいていた。

「ル・ロワ様に同意します。同じ屋根の下の兄弟は、かえって互いの話を聞かないということがありますから。特にここエシュタットの大聖堂が、伝統的に教皇庁と権威を争っているせいで、もうひとつの大聖堂は教皇庁と融和的な態度をとることが多いのです」

エシュタットはかつての古代帝国が版図を広げる際に、軍に付き従った聖職者たちの建てた教会が礎になっているらしい。

そのためこのエシュタットの大聖堂は、教皇庁の設立と同じか、場合によってはもっと古く、当然ながら権威も高い、という認識があるようで、エシュタットと教会の本山は仲が悪いのだ。

「そこで、公会議に向けてお味方を募るのであれば、顔の広いゴブレア選帝侯の下に向かったらどうか、というのが大司教様のご提案でした」

「ゴブレア……確か、帝国内で最有力の選帝侯だったな」

エーブが呟き、腕を組んで地図を見る。

「そこを落とせれば、他の選帝侯たちもなびくってことか。そうして選帝侯……皇帝の選挙権を持つ連中の過半数を押さえられれば、皇帝もコルの味方に回るか。うまくいけば、確かに楽な手だ」

できれば教会の非を説く言説の正しさによって、多くの人たちの支持を得たいところだが、俗世の権力者たちは政治的な判断でどちら側に就くかを決めるだろう。

そうなると盤上遊戯のように、駒の進め方には注意しなければならない。

こういう話はやっぱり好きになれないが、偽者退治のあの日、決壊した川から水の流れ込む泥濘を前に、薄明の枢機卿の役をやりきると誓ったのだ。

苦いなにかを、ごくりと飲み込んだ。

「では、その方向にいたしましょう。皆さん、お願いできますか？」

自分はニョッヒラから出てきた時のまま、なにも変わっていないと思う。

けれど周囲には力ある人々が集い、手を貸してくれる。

その手の長さたるや、この広げられた地図の端から端まで届くほど。

「もちろんです」

「よいかと」

「拙僧も」

それぞれに同意してくれる中、家長の如きエーブが最後に言った。

「少しは権力者役が、板についてきたか？」

そのからかうような笑みには、コル坊と呼ばれていた時よりも少しだけ、大人っぽい苦笑を返せた気がした。

ウィンフィール王国から、文官の一団がやってきた。

元々教会との戦いは、ウィンフィール王国が教会の横暴さに声を上げたのが発端だったこともあって、ウィンフィール王国が旗振り役と世間には思われている。

それに薄明の枢機卿も王国の王族たちと懇意であり、後ろ盾を得ていることは、広く知られたことだ。

けれどもなにかと名誉にはうるさいのが、この世の中というもの。

大陸側の領主たちの中には、当然、教会は憎いがウィンフィール王国が旗振り役なのも面白くない、という者たちがいる。

おまけにややこしいのが、海を挟んで対峙するウィンフィール王国と大陸の諸侯とは、歴史的な因縁が多々あることだった。

一口に薄明の枢機卿に味方してくれる者たちを募るといっても、そのために解決しなければならないことはわんさとある。この辺りの機微など到底自分にはわからないので、文官という専門家の協力が必要なのだった。

そんな官僚集団に囲まれ、ますます「薄明の枢機卿様」と化していく中、エシュタットの大聖堂が正式に薄明の枢機卿に協力するという合意がようやく結ばれた。

やれやれと肩の荷が下りる一方、交渉を担ってくれたウィンフィール王国の一団からは、両腕で抱えねばならないほどの手紙を受け取ることになった。

宿の部屋に持ち帰った際には、ミューリが嫌そうに半笑いをした。

なにせ分厚い紙束の大半が、ハイランドからの手紙だったのだから。

病気にかかっていないか、美味しい食事はとれているか等、旅の心配がぎっしり書かれている。ほかにも聖典の俗語翻訳の印刷が順調に進み、ほどなく薄明の枢機卿の戦いを後方から支援できるだろうとか、自分たちが苦境を助けることになったクラジウス騎士団の面々が王国内の腐敗した教会を次々に糺して回っているとか、近況報告が山ほどあった。

もちろんミューリに宛てたものもどっさりあり、そこには、王国を離れる前ハイランドから習った太陽の聖女としてのふるまいを復習できるよう、礼儀作法について事細かに記されたものまであった。

手紙の束の中には、珍しいことに、ハイランドの兄であるクリーベント王子の時候の挨拶みたいなものや、なんとシャロンからのものもあった。

宛先はもちろんミューリで、あんまり仲間の鳥を酷使するな、と苦言が呈してあった。

ハイランドからの手紙は読むだけ読んで満足していたふうのミューリだが、シャロンからの手紙には、剣を取り出すみたいにペンを取り出していた。

そうこうする中、大聖堂での会議は王国からの専門家集団たちによる実務に移行していたし、面会にやってくる領主たちの数も落ち着いていた。

新しい町に向かう機は熟しつつあり、そのための準備も進んでいる。

なので今は、次なる旅の前の小休止。

そんな具合に、とても久しぶりに宿の部屋で静かに聖典をめくっていたところ、窓辺に鳩が舞い降りた。脚に手紙がついていたので、ミューリとシャロンの海を挟んだ口喧嘩だろうかと思った。

けれどその鳩に磯臭さはなく、海風にあおられて羽がボロボロという感じでもない。

代わりにひどく乾いた埃の匂いがして、顔つきも餌がたっぷりの街中で見る鳩とは違い、精悍さに満ちている気がした。

ベッドで寝転んで理想の騎士物語を書いていたミューリも顔を上げ、近寄ってきた。

「誰からの手紙？」

「ちょっと待ってください」

鳩の脚に括りつけられた紙を解く。

小さな紙に、さらに小さな文字が書かれている。

「……ヴァダンさんですね」

「え、鼠さん？」

ミューリが不思議そうな顔をしたのは、鼠の化身であるヴァダンは、海で船を操り、ちょっと前には風変わりな貴族と共に密輸に精を出していたような「海の鼠」だからだ。

けれど鳩からは、自分の鼻でも海の匂いが全くしないのがわかる。

狼のミューリが鳩に顔を近づけ、鳩にすごく嫌そうにされていた。

「あの鼠さんが、なんて？」

首を伸ばして今にも逃げ出したそうにしている鳩から顔を離し、ずた袋の中の豆を一掴みしたミューリは、窓辺にご褒美の豆を置きながら尋ねてくる。

「ええっとですね……」

短い文面を目で追った自分は、そこで言葉が途切れてしまった。

豆をもらって警戒を解いた鳩の羽を撫でていたミューリが、こちらの様子にきょとんとしていた。

「すぐに着替えてください」

「ん？」

「エーブさんたちのところに行きます」

ミューリはこちらを見やり、森の奥の獲物の足音を探すように、狼の耳を互い違いに動かしている。

「イレニアさんが、牢に放り込まれているみたいです」

ミューリの目が見開かれ、手の中にあった豆が砕けたのだった。

宿の前には、薄明の枢機卿を一目見ようとする人たちがたむろしていたが、彼らの間を掻き分けて馬車に乗り、エーブたちのいるところに急ぐ。

すると、エーブの倉庫の前には文字どおり物資が山と積まれていて、たくさんの人が集まっていた。

ただ、彼らは祈りを捧げようとする街の人々ではない。

馬車から降りたミューリが、急に寂しそうな顔をしていた。

「あ、そっか。もうおじ様たちも出発しちゃうのか」

元は古の狼のものだった、ミューリという名前。

その名を古代から受け継いできたのが、ミューリ傭兵団だ。

薄明の枢機卿の偽者騒ぎで駆けつけてくれた彼らだが、平和な街は彼らの居場所ではない。

騒動が一段落し、王国から文官たちがやってきたところで、引き揚げ時と決めたらしい。

「……イレニアさんを助けに、一緒に行ってくれないかな」

なにも知らない無垢な女の子相手なら、そうですねと相槌を打つところなのだが、あいにくとミューリはそうではない。なにせミューリは、イレニアのことをよく知っているのだから。

ふわふわの髪の毛が特徴的で温厚そうなイレニアだが、彼女はただの人間ではない。その真の姿は、座礁した船舶を首に繋いだ縄でもって海に曳航できるような、巨大な羊なのだ。

よって、イレニアが牢に放り込まれているとしても、正しくは「牢の中でおとなしくしている」というほうが正確だろう。

それにヴァダンからの手紙もよく読めば、切迫した雰囲気があまりなかった。

だからイレニアを助けるため、ルワードたちの手を貸りられないかというのは、ミューリのもっと別の気持ちを言い換えたものだ。

「旅に別れはつきものですよ」

そう言ってミューリの頭に手を置けば、珍しく払いのけることなく、おとなしかった。

けれどそんなミューリも、倉庫の重い扉を肩で押し開ける頃には、騎士の顔つきに戻っていた。傭兵団を前に、弱っている顔は見せられないとばかりに。

「皆、聞いて！　イレニアさんを助けにいきたいんだけど！」

その大声に、倉庫でたまたま出立の打ち合わせをしていたらしいエーブとルワードが、珍しく目を丸くしていたのだった。

大聖堂で王国の文官たちと共に働いている、カナンやピエレを呼び戻すために人をやった。それから街の商会へ書籍の仕入れに赴いていたル・ロワも探してもらう。

その間に、ヴァダンから受け取った手紙の内容をエーブに説明し、ルワードにも意見をあおいだ。

「イレニアの奴がおとなしく牢にいるってことは、それなりの理由があるはずだ」

イレニアの雇い主であるエーブは、真っ先にそう言った。

「でもさ、イレニアさんが敵わないくらい強い奴に摑まってるって可能性は？」

イレニアは羊らしいおっとりした見た目だが、その頑固さと決断力はかなりのもの。

だからミューリは万が一の可能性を考えてそう言ったのだとばかり思っていたが、このお転婆娘は、直後に聞き慣れぬ単語を口にした。

「イレニアさんを捕まえたのは、伝説の傭兵王でしょ？」

なんだって？

と、お転婆娘を怪訝に見ると、ルワードが腕組みをして深刻な顔をしていた。

「どうやらこのイレニアって娘は、お嬢たちのような力を持つ者らしいが……。あの傭兵王もまたそうだって話は、噂でも聞いたことがない。それに伝説だったのはご先祖様のはずで、最近はあそこの王が戦に出たって話はとんと聞かないな」

ルワードは至極真面目に、ミューリと会話している。

ミューリには特に優しいルワードだが、おままごとにつきあっている、という感じでもない。

「あの、伝説の傭兵王とは？」

我慢できずに尋ねてしまった。

「兄様知らないの？　伝説の傭兵王、鉄腕のデュランだよ！」

知りません、と冷ややかに答えようとしたが、その名前が引っかかった。

物語大好きなミューリがいつもあれこれ喋るので、そこで聞きかじったのだろうか。

いや、最近聞いた名前だ。

そう思って、地図に書かれた文字に気がつく。

「デュラン選帝侯」

神聖リヴォリア帝国内にいる、七人の選帝侯のうちの一人だ。

「イレニアの奴は、人探しでそのデュラン選帝侯の領地に赴いたところ、誘拐の罪で牢に放り込まれたと言ってたな？」

　エーブの言葉に、ミューリがうなずく。

「占い師さんを探してたんだって」

「天文学者です」

　自分はすぐに訂正した。

　ミューリの中では、天文学者も占星術師も似たようなものなのだろう。

「新大陸捜索のため、天文学者を探していたのでしょう。天文学者たちは星の運航を調べていますから。その中で、このデュラン選帝侯が腕のいい天文学者を召し抱えていることを知って、いざその人物に会いにいったら、行方知れずだと判明したようです。そしてイレニアさんはその頃合が悪かったのか、天文学者の失踪に関係していると勘違いされた……という感じでしょう」

　手紙には紙面の都合もあって詳しい事情が書かれていないし、鳩がどこかの猟師に摑まった際のことも考えているのだろう。デュラン選帝侯が治める山岳都市ウーバンまできて、問題解決に協力してほしいとだけ書かれてある。

「問題の解決、であって、イレニアの救出じゃないってのが含みがあるな」

　どこか面白そうにしているエーブに、ルワードが続ける。

「だが、コル坊……いや、薄明の枢機卿を呼んだ理由は、なんとなくわかる」

自分がミューリと同い年くらいの頃に出会ったルワードは、昔の呼び名をちょっとわざとらしく訂正しながらそう言った。

「デュラン選帝侯の領地は、厳しい山岳地帯だ。土地は痩せて常に飢饉と隣り合わせ。おかげでまともな仕事といえば、豊富な木材の切り出しか、それを利用した鉄鍛冶だ。残りはみんな、槍を担いでの傭兵稼業。もともとデュラン家が傭兵から身を起こして帝国の選帝侯になったようなところだから、伝統という面もあるが」

「連中は強いが、融通が利かない」

エーブが付け加えた言葉に、ルワードはふっと笑ってみせる。

「職務に忠実で、信仰に篤い。山の民だから頑固一徹で、偏屈だ。平野部のちゃらちゃらした教会とはもっとも相性の悪い連中だろう」

ミューリが首を伸ばしてわくわくしている様子にちょっとため息をついてから、ルワードに向けて言った。

「教会との戦いで、私たちの味方になってくれそうという意味でしょうか」

「可能性は高いと思う。それに今後のことを考えれば、ここは地理的にも悪くない」

「地理的？」

聞き返したところで、ミューリが大きなテーブルに身を乗り出し、地図を引っ張り寄せる。

「お頭、どういうこと？」

お頭と呼ばれたルワードは笑ってから、地図の一点を指で示した。

「ウーバンはここ」

「ん……すごい陸地の奥の町だね。じめじめしてなくてよさそう！」

エシュタット周辺は湾からの湿った風と、泥地のせいで、油断するとパンがすぐに腐る。

ミューリは髪の毛がまとまらないとか、尻尾がべたつくとか不満たらたらだ。

「ここよりすごく東の……ちょっと南なんだね。もう少しあったかい場所？」

「いや、逆だ。寒いし、実際にはここよりも北の地に近い」

「ん、へ？」

なぞなぞみたいな言葉に、ミューリが思わず耳と尻尾を出していた。

「ミューリ、耳と尻尾」

カナンたちはまだいないんだからいいじゃないか、という顔をしてから、ミューリは耳と尻尾をしまっていた。

「このウーバンという都市は、世に聞こえし山岳都市だ」

「……」

ミューリが眉間に皺を寄せているのは、うちの実家も山奥だけど？　という対抗心だろう。

「ニョッヒラとはわけが違う。天を衝く山には木々さえ生えず、あの古代帝国時代の精鋭騎士

たちでさえ、越えるのをためらったと言われている」

「あの山さえなければ、北の地から南の地へと一直線に行けるんだがね。商人泣かせの山脈が走っている」

エーブの追加の説明に、ミューリは驚きに口を開いたまま、地図を見つめていた。

「はるか昔、古代帝国時代のことだ。勇猛で名をはせた古代皇帝の軍が、この山に道を通したなんて言われている。だが、南の地方じゃその話は、できもしないこと、という意味のことわざだ。おかげで、このウーバンは南の地とみなされない。人の流れ的には、北の地の南端に含まれる」

地図を見る限り、ウーバンからは教会の総本山である教皇庁もわりと近い。ここから大学都市アケントまでとあまり変わらない距離に思える。

それでも南の地に含まれないのは、道を遮る山脈がそれほどのものなのだろう。

「特に冬季にはほとんどの道が閉ざされる。冬には積雪、春には雪解け水のせいで、橋が落ちたり道が崩落したりと散々だ。ウーバンってのはそういう山に囲まれた盆地で、天然の要塞なんだな」

ニョッヒラも山奥だが、比較的なだらかな山が延々と続いたその最奥という感じなので、かなり趣が異なるだろう。

ミューリは感心しきりで、ルワードの話に目を輝かせていた。

「ただ、このウーバンの北側の山々はそこまで険しくない。大きな川も流れていて、こう、ずーっと川沿いに谷を下っていくと、西側のここの海に出る」

「あ、この街ってラウズボーンから船に乗った時に立ち寄ったよね？」

ハイランドのいるラウズボーンから大陸に渡る際、船に乗ってやってきた。いくつかの街を経由したが、そのうちのひとつが、アーベルクという港街だった。

「でも、おじ様。どうしてこの山奥の不便な街が、地理的にいいって言うの？」

ルワードはミューリを見て、肩をすくめる。

「この山脈も、実は絶対に越えられないわけじゃない。気合の入った者の足なら、それも可能だ。つまり、ここからなら、くそったれの教会の総本山に奇襲をかけやすい」

ミューリが目を見開き、また耳と尻尾を出していたが、毛の逆立ちかたがさっきとは違う。

注意するのもあきらめて、ルワードに問いを向けた。

「このウーバンを治めるデュラン選帝侯の協力を得られれば、教皇庁にかなりの重圧をかけられる、ということでしょうか？」

「だな。のっぺりした平野部にある教皇庁からは、天気のいい日にはこの山脈地帯がうっすら見えるんだよ。まともに道が通じていないとはいえ、そこに天敵がいるってのは、いい心地じゃあるまい」

意地悪そうな笑みは、獰猛な傭兵にぴったりだ。

「姐さんの部下のイレニアとやらは、その辺りまで考えて、薄明の枢機卿を呼び寄せてるんだろう」

ルワードに姐さんと呼ばれたエーブは、どこか不服そうにため息をついた。

「なにか懸念があるのかい？」

エーブは、じろりとルワードを見た。

「ふたつある。ひとつは、あんたらも同行するのかということ」

干し肉を見せられた犬のように、ミューリの尻尾がぴんと立った。

それに気がついたルワードは、許しを請うようにミューリに向けて首を横に振る。

「残念だが」

「なんで⁉」

摑みかからんばかりの勢いのミューリを、ルワードは両掌でいなしながら言う。

「大人数で山道を行くのは、ものすごく費用がかかる。まあ、それはこの姐さんの金袋なら賄えるだろうがね。問題は、そこが傭兵王の縄張りだってことだ」

縄張り、という単語にミューリの耳がぴくりと動く。

「しかも場所が場所で、ちょっと通りかかったという体をとるのが不可能だ。ウーバンに続く道は、ウーバンが終点だからな」

ルワードは腰に手を当て、疲れたように笑う。

「お嬢の縄張りに、他の狼たちがぞろぞろやってきたらどうだ？」

銀色の子狼は、一丁前の顔をしてみせた。

「どういうつもりだって聞く」

「だろう？　強い狼は同時にひとつの土地にはいられない。雄と雌なら別だがね」

ミューリはその言葉に、なぜかこちらを見てから、納得したようにため息をついていた。

「一人か二人、護衛と道案内のために腕利きを貸すことくらいはできる。もちろん、飯代だけで構わない」

それはエーブを見ながら。

「だから、お嬢とはここでお別れだな」

ルワードの言葉に、ミューリは村のガキ大将から、急に女の子の顔になっていた。

「……また会える？」

「もちろん。いつでも呼んでくれ。すぐに駆けつける」

ルワードみたいな強面にこんなことを言われたら、大抵の娘がいちころだろう。

ミューリももちろん例外ではないようで、感極まってルワードに正面から抱きついていた。

「で、姐さんの懸念のもうひとつは？」

ミューリを抱き止めながら、ルワードが問いかける。

守銭奴を地でいき、そのことを楽しんでいる感のあるエーブは、尻尾をぶんぶん振ってルワードにしがみついているミューリに呆れながら小さく言った。

「ウーバンは商いがしにくいんだよ。限られた流通路は、地元の連中ががっちり握ってやがるからな。今回の話は、うちの金袋からほぼ持ち出しになる」

「確かに姐さんには大問題だ」

ルワードが茶化すように言う。

「笑いごとじゃない。金のかかるあんたらの面倒は、全部私が見てるんだからな」

エーブはそう言って、ウーバン行きの旅に必要なものをルワードから聞き出し、大至急大市で調達するよう部下に命令していたのだった。

ウーバンへの旅程は、一度アーベルクに向かって川を遡上する道も検討されたが、あまりに遠回りなために却下された。

イレニアが危機的状況にある、という感じでもなさそうではあるものの、鳩を飛ばしてきたくらいなので、なるべく早く向かうにこしたことはないだろう。

そのため、エシュタットから東に向かって進み、山裾からウーバンに延びている数少ない山岳路をゆくこととなった。

「これまでの傭兵人生、見送られてばっかりだった。見送る側になるのは新鮮だな」

てっきりルワードたちのほうが先にエシュタットを出るかと思ったのに、風向きの都合で船が調達できず、自分たちが先の出立となった。

エーブの倉庫前に集まったルワードが、楽しそうに言った。

「次は絶対、剣を教えてね！」

「もちろんだが、それまでにもう少し体を作っておくんだ。よく食べて、よく寝てな」

ルワードの適切な助言だったのだろうが、兄としてはミューリにはあまり言ってほしくない言葉でもある。ミューリはただでさえ、よく食べてよく眠るのだから。

「じゃあ、出発？」

冒険に出る時はいつも茸が胞子を飛ばす勢いなのに、名残惜しそうな疑問形。

苦笑してからうなずき返す。

「出発です。エーブさん、ハイランド様への連絡等、諸々よろしくお願いいたします」

「はいはい。道中の街にも部下を置いておく。なにかあったら頼れ」

エシュタットに残るエーブの横で、ピエレが杖を掲げて声を上げる。

「大聖堂のことはお任せあれ！」

「私も後程、皆様を追いかけます」

ピエレと共に、ル・ロワもエシュタットにしばらく残り、別の道でウーバンを目指すことになっていた。エシュタットに残るのは、聖典の俗語翻訳を欲しがるこの地の領主たちのため、聖典の俗語翻訳の抄訳版を王国から取り寄せる必要があるからだ。

ただ、自分たちとは別の道を使ってウーバンに向かうのには、また別の理由があった。

イレニアが牢に入れられているのは、天文学者が行方不明になったことが原因だった。

天文学者は占星術師と近く、占星術師は異端と近い。

そこで、イレニアの状況が不明とはいえ、渦中の天文学者の素性を少し調べておいても損はなかろうということになった。それでル・ロワは、アーベルクにて書籍の取引記録を調べてから、ウーバンに向かうとのことだった。

山奥のウーバンで書籍を取り寄せようと思えば、間違いなくこの港町を頼るはずで、そしてどんな本を読んでいるかがわかれば、異端かどうかが大体わかる。

それにこの腹では狭い山道につっかえるかもしれませんからな、と腹を揺すりながらル・ロワは笑っていた。

しかしその言葉にルワードが笑わず真面目にうなずいていたので、自分とカナンはちょっと顔を見合わせた。

そんなに道が険しいのだろうかと。

そうした懸念はありつつ、ウーバンに向かう一行は結局、エーブの部下、ルワードの部下、それにカナンとその護衛に、自分とミューリという面子となった。

過酷な山岳路を踏破できるか不安がっているのは、自分とカナンの二人だけらしい。

「おじ様、またね！」

自分と同じ馬にまたがったミューリは、何度もルワードを振り返って手を振っていた。ルワードたちにも出発の準備があり、部下たちは忙しく働いていたが、ミューリに律義に手を振り返す強面のお頭の姿に、手を止めて楽しそうに笑っていた。

やがて道を曲がり、建物の陰になって見えなくなると、それでもしばらく後ろを見ていたミューリは、ようやく馬の背に座り直す。

「気が済みましたか？」

「一度走って戻って、もう一回ぎゅってしてきたい」

至極真面目な口調で言うので思わず笑ってから、自分の腕の中に収まるように座っているミューリを両肘で挟んでやる。

「これではだめですか？」

「細い腕！」

ミューリは不満そうに言って、背中をこちらの胸に預けてきた。

「……イレニアさん、無事だといいけどな」

「無事ですよ。むしろ心配なのは、山道を私たちが無事に抜けられるかどうかでしょう」

ミューリは天気のいい空を見上げ、そのままこちらを逆さまに見てくる。

「心配なのは、兄様だけでしょ」

「ええ？　カナンさんも……その、あまり変わらないのでは」

「カナン君は教皇庁から王国にくる時、似たような道を歩いてきたって言ってたよ」

確かにラウズボーンで初めて相まみえた際、ぼろぼろで目だけがギラギラしているような感じだった。路銀が心許なく、海路を取れなかったためで、護衛の反対を押しきって山脈に沿って北上してきたと言っていた。

「それに兄様よりカナン君のほうがしっかりしてるもの。兄様はすぐ足をくじいたり、木の根っこにつまずいて崖から落ちちゃいそう」

容赦がないのは身内ゆえ。

ただ、それは誘い水でもあるのだろうことは、もちろんわかっている。

「はい、そのとおりです。ですから道中、騎士として私を守ってくださいね」

ルワードと離れて寂しいミューリは、その一言が欲しかったのだ。

「んふ。任せてよ！」

機嫌よく座り直したミューリはそう言って、大きく伸びをすると、再びずるずるとこちらにもたれかかってくる。

「じゃあ、出番までお昼寝してるね。よく食べて、よく寝ないといけないから」

「……」

早速ルワードからの言葉を盾に使い始めた。

まったくもうと呆れながら、寝息を立てるミューリが馬から落ちないよう、せいぜい細い腕で脇を締めたのだった。

エシュタットを出発して二日目、東の果てに自分たちの挑む山が見えてきた。

いったい神はどんな気まぐれでそれをお創りになられたのか、というくらい、平野部の先に唐突にその山は現れてきた。

しかも見えているのは山のほんの一部だそうで、険しい山々を越えたその先に、王の中の王が被る王冠のような、真に急峻な山がそびえているのだとか。

三日目になると早くも道がでこぼこし始めて、五日目には街道をゆく人の数がめっきり少なくなった。その夕方に到着した比較的大きな町は、ここから先いよいよ本格的になる山道に供え、旅人たちが最後の準備をするところだった。

一方、これから山に向かう者がいるということは、ようやく山を越えてきた者たちもいるわけで、彼らにとっては最初に出会う賑やかな町でもあった。

おかげでこの町は、これから旅立つ者たちの期待と不安に、険しい旅を終えた者たちの安堵と開放感が入り混じる、不思議な雰囲気に満ちていた。

こんな町でミューリがおとなしくしていられるはずもない。

はしゃぐミューリが心配で露店巡りにつきあったが、地元の人間からは、これから山道に入る者特有の緊張感を見抜かれてしまったらしい。ミューリが装飾品を眺める間、露店商の店主から山道の恐ろしい話を散々聞かされることとなった。

震えあがる自分に対し、店主は「ご安心召され」と言った。

「このお守りを身につければ、どんな坂でも転ばないこと請け合い。教会も認めた立派な代物ですぞ」

差し出されたのは、山羊をかたどった鉄細工だった。

ほとんど垂直の壁でも平気で上り下りする山羊たちの力を借りれば、多少の悪路はなんのその、ということなのだろうが、ミューリが非常に不機嫌になっていたので遠慮しておいた。

「なんで山羊なの？　狼でしょ！」

店を離れると、ミューリはぷりぷり怒っていた。

「それに山道の案内人だっていらないと思うんだけど」

ふてくされたように言うミューリの不機嫌さは、お守りだけが原因ではないようだ。

「私がいれば十分だよ。道案内なんて雇わなくていいのに」

山奥深くのニョッヒラで生まれ育ったミューリには、妙な誇りがあるらしい。

けれどエーブがエシュタットで聞き集めた話からは、山道に慣れているから大丈夫、という話とはまた違っていた。

「道は険しいだけでなく、がけ崩れや雪解け水による浸食がしょっちゅうだそうです。道の状況を熟知していて、突然の天気の変化に見舞われた時には、逃げ込むべき小屋の在処を知っている必要もあるとのことでした。同じ魚獲りでも、川と海ではまったく勝手が違うでしょう？」

そう説明すると、ミューリは渋々うなずいていたが、やっぱりちょっと納得していないようだった。皆を先導し、険しい山道をゆくところを想像していたのかもしれない。

特に今回は、伝説の傭兵王の領地に赴くのだから。

ミューリは出発に先立ち、傭兵王について書かれた本を大聖堂の書庫で読み漁っていた。それだけでなく、エーブにねだって街の詩人を呼んでもらい、傭兵王に関する歌を片っ端から聞いたりもしていた。

頭の中はすっかり冒険一色だったことだろう。

そんなミューリの不満を受け流し、翌日には山道の案内人を手配しに、町の商会に赴いた。

ミューリはすっかりヘソを曲げて、ふて寝を決め込んでいた。

やれやれと思いながら手配を終えて宿に戻り、案内人が見つかるまで聖典でも開こうかというところ。

すねて垂れていたミューリの耳と尻尾が、ぴんと伸びた。

遅れて、部屋の扉がぞんざいにノックされる。

この叩き方はカナンではないし、宿の主人だろうかとミューリを見ると、ミューリは耳と尻尾をしまっていなかった。

「おい、いるんだろ、開けてくれ」

その声に、自分はちょっと驚いた。聞き覚えがあるのだ。

しかしなおも半信半疑ながら、椅子から立ち上がって扉を開けると、そこには一人の青年が立っていた。

「……ヴァダンさん？」

船を操る海の男。

いや、海の鼠が、「おう」と応えたのだった。


ウィンフィール王国沿岸に現れる、嵐の夜の幽霊船。

そんな噂の原因になったのは、密輸船を操る鼠たちだった。

そして彼らを取りまとめるのが、このヴァダンという人ならざる者だ。

「イレニアの奴に、迎えに行けと言われたんだよ。必ずここを通るだろうからな。まったく鼠使いの荒いことだ」

「イレニアさんは元気？」

ベッドの上に胡坐をかいたミューリは、ヴァダンにくっついて部屋に入ってきた小さな鼠を手元に呼び寄せて、手のひらで遊ばせている。

「元気だよ。あいつはとにかく頑丈だ」

ミューリが肩を揺らして笑うと、鼠が手のひらから落ちそうになって慌てていた。

「でもさ、どうしてイレニアさんが牢に？」

なにか冤罪をかけられ、事件に巻き込まれているのであれば、ある意味で納得できる。

しかしヴァダンからの手紙にはそういう感じがなかったし、本人を目の前にしても、やはり呑気なものだ。

「今回の件はあれなんだよ。イレニアの奴がっていうか、片っ端から色んな奴が牢に放り込まれていてな。イレニアはわざわざちょっと怪しい振りをして、牢に入ったんだ」

どうやら手紙には書ききれない、ややこしい事情がありそうだ。

「星占いの人を探しにいったんだよね？」

「天文学者さんです」

「どっちも一緒だよ。星を調べて、行く先を占うんだから」

「……」

適切な反論方法を持たず黙りこくると、ヴァダンがくつくつ笑っていた。

「相変わらずだな。天下の薄明の枢機卿様も形なしだ」

「屁理屈ばかりうまくなって、困ったものです」

ミューリはそんな言葉には耳を貸さず、鼠を肩に乗せるとヴァダンに言った。

「兄様を呼び寄せたのは、その占い師さんを見つけるため？」

「まあそうだ。そもそも天文学者の存在は、あの鳥の錬金術師の姐さんに聞いてな」

鳥の化身にして、錬金術師であるディアナには、ヴァダンたちを巡る騒ぎの時にも協力してもらった。

「ディアナお姐さんが？」

錬金術師や占星術師、それから天文学者という職に就く者たちは、なにかにつけ大雑把なミューリだけでなく、市井の人たちからも同一視される。

実際彼らもお互いに仲間意識を持っているそうだから、ある程度繋がりがあるのだろう。

「俺には天文学者の良し悪しはわからんが、とにかくそいつは貴重な情報を持っていたらしい。神の摂理ってやつだ。膨大な量の星の運航表だよ」

面白そうな話だぞと、ミューリが胡坐をかいていた足を入れ替える。

「もちろん、そいつ一代で築き上げられるものじゃない。師匠やそのまた師匠……そんなふうに地道に積み上げた重みで、黄金の知識の一滴がしたたり落ちる。天文学ってのはそういう話らしくてな」

ミューリが喉をごくりと鳴らしたのは、高級葡萄酒の作り方でも思い出したからだろうか。

軒先に吊るした袋に葡萄を入れて、その重みで滴り落ちる果汁だけを使う逸品だ。

「俺たちは海の先の新大陸を探すため、星の地図が欲しくてそいつを探していた。それでようやく居場所を見つけたんだが、俺たちが訪ねた時には既にもぬけの殻だったし、そのせいで行方不明に関係ありそうな奴らは全員牢屋行きなんだよ」

「誘拐されたってこと？」

「少なくとも選帝侯はそう思ってる」

「え⁉ じゃあ、ほかに新大陸を探してる人がいるってこと⁉」

ミューリが腰を浮かしかけると、ミューリの肩の上で顔を洗っていた鼠がころころと転がり落ちていた。

「俺もそう思ったが、ちょっと事情が違うらしい。星の知識というのを欲しがる連中は、結構いるらしいんだよな。たとえば、作物の種まきなんかでも重宝するんだと」

「……種まき？」

ミューリが首を傾げていた。

「最近やけにあったかいが、もう春なのか？　って迷うことがあるだろ。だが、空に季節が書いてあるわけじゃない。代わりに星の位置を見て、たまたま暖かい冬なのか、それともうっかりしているうちに春がきていたのかを見分けるわけだ。やれ春だと種まきをして、霜が降りたらおおごとだからな」

教会の祭りが春と秋に集中しているのもそれが理由だ。

古代より連綿と続く教会は、独自に天文学者を抱え、星の運航を観察し暦を制定することで、人々が季節を把握する手助けをしている。

ただ、その暦は歴史の中で何度か改訂されつつ、なおもずいぶん精度が悪いらしいことを、ミューリの母親である賢狼から聞いたことがある。

村の祭りは年を経るごとに季節がずれ、今では春に行われる祭りが大昔は秋に行われていて、そのさらに前はきちんと春に行われていたのだとか。

古い聖人伝を読むと、冬に行われるはずの祭りでやけに薄着でいて、信仰によって寒さに耐えられるのかと感心していたら、単に当時は暖かい季節に行われていたから、ということがままある。

「おまけに夜な夜な塔の上から星を観察してるから、教会からは異端視される。そんなわけで、優秀な天文学者を狙う奴らってのは、結構多いんだとさ」

ヴァダンは木窓の縁に寄りかかり、指折り数えていく。

「容疑者候補は実に多かった。穀倉地帯の領主たちに、異端をとっ捕まえたい異端審問官。名のある学者を召し抱えたい見栄っ張りな領主様と、ああ、それから、新大陸を目指す命知らずたちもいるな」

ミューリがぽかんとしたのは、世の中には自分の知らない世界が広がっていると、改めて認識したからかもしれない。

「しかも天文学者ってのは、錬金術師以上に金がかかるらしい。選帝侯は星の観測のため、塔を建て増しして、観測のための機材を用意するのに大枚をはたいていた。だから天文学者が自らの意志で行方をくらますとは考えにくい。恩義って話以上に、それだけの資金を出してくれる領主を見つけるのは、至難の業だからだ」

「……でも王様はその占い師さんが誰に攫われたのか見当がつかなくて、色んな人を牢に放り込んでるってこと？」

「まあそういうことだ。一人くらいは当たるだろって腹積もりかね」

牢にひしめく無実の民たちを想像し、なんとも杜撰なことだと呆れる。

「でも、だからって兄様を呼ぶのはどうして？　兄様は自分自身だって見失って、しょっちゅう道に迷っちゃうのに。人捜しなんかに役に立たないよ」

「……」

苦々しく視線を向けても、ミューリはこちらを見て、にこりと可愛く笑うだけ。

ヴァダンは苦笑交じりに言った。

「理由はふたつ。ひとつは、狼のお前さんがいること」

「私？」

「俺たちには気がつけないものを、嗅ぎつけられるだろ」

ヴァダンが自身の鼻を触り、ミューリの顔を指し示す。

狼の耳と尻尾を出しているミューリは、不服そうに尻尾でベッドを叩く。

「私は猟犬じゃないよ!」

「それからもうひとつは、選帝侯は実のところ、犯人そのものには目星がついてるっぽいんだよな。しかしなにか事情があって、その犯人を追いかけられないって感じでな」

ミューリの抗議を無視したヴァダンが、こちらを見る。

「あんたなら、その敵に対抗できるかもしれない。だからイレニアは選帝侯に提案したんだ。薄明の枢機卿を呼び寄せることができたら、我々に天文学者を捜すための特別な権限をくださいってな」

「私を……ですか。え、それでは、犯人というのは――」

「ああ、教会だ。だが、イレニアも俺も、それは妙だと思っている。もしも異端審問なのだとしたら、こっそり攫う必要がない。大手を振って屋敷の扉を蹴り破って、選帝侯諸共に、教皇の勅書をつきつければいいんだからな」

教会の異端審問官は、ミューリたち人ならざる者にとっても天敵である。

けれど扉を蹴り破って獲物を追い詰めるところは、ミューリの琴線に触れたらしく、尻尾の毛先がうずうずと揺れていた。

「それに攫われたのは、状況からして雪解け前、二か月は前だろうって話だ。なのに選帝侯の下には教会からなんの連絡もないとなると、異端審問官とは考えにくい。異端審問官どもは、悪を捕らえ、火あぶりにする成果を常に高々と掲げたがる」

そうすることで、人々に異端思想に染まることを牽制するのが、彼らの役目だ。

だから何か月も音沙汰がないというのは、確かにおかしい。

「教会は自分たちでも星を観測してるから、新しい天文学者が欲しくて誘拐したのかとも考えられるが、それならそれで、そんな無茶なことをするかねと」

「しない……気がします」

少なくとも交渉は挟まれるはずだ。決裂の結果、誘拐ならありえる……だろうか？

「おまけに、選帝侯の様子もまた妙でな。天文学者と関係のあった者、あるいは天文学者に会いにやってきた者たちを、片っ端から牢に放り込むわりには、本気で捜している感じではない。鞭打ちのひとつもないからな」

イレニアが牢に入れられたと聞いた時、真っ先に心配したのはそれだ。

「たまに思い出したように牢から人を呼んでは、尋問しているみたいだが、質問はいつも曖昧で、なにを聞きたいのかもよくわからんそうだ」

「お説教中の兄様みたいな感じ？」

神の教えを曖昧と言いきるお転婆娘に頭痛を覚えるが、ヴァダンはそれなりに真面目な様子だ。

「俺らが見ている限り、選帝侯は賢そうだ。だからあれは多分……誰にも知られちゃならない秘密があって、核心的な質問ができなくて困ってるって感じだな。本当に聞きたいことを質問すると、隠したい秘密までばれちまうってことがあるだろ？」

「……んえ？　そんなことってある？」

ミューリが不思議そうにしているので、こう言った。

「食糧庫に蜂蜜の詰まった壺を隠していましたが、ある日見てみたら少し減っていたとします」

ミューリがこちらを見た。

「あなたが蜂蜜を舐めたのですか、と小さな狼に聞けば、それは同時に、蜂蜜の存在を明かすことにもなってしまいます。質問の仕方には、とても注意しなければなりません」

お転婆娘は大きくうなずいてから、いーっとこちらに歯を見せる。

「もちろん俺たちは、選帝侯がどんな秘密を抱えてるのか調べたさ。でもかなり気を使って、自分の胸にだけ秘めてやがる」

ヴァダンは鼠の化身であり、この世に隙間風の吹かない建物などない。

ヴァダンたちならばあらゆる屋敷のあらゆる部屋に侵入が可能で、当然、デュラン選帝侯のことなら三食の献立から、夜の寝言まで把握しているはず。

そのヴァダンが秘密を暴けていないのだから、本当に秘密なのだろう。

それこそ、イレニアが自分たちを呼び寄せようとするくらいに、固い守りなのだ。

「抱えてる秘密を告白するのには、いつだって聖職者が適役だろ？」

それが冗談なのかどうなのか自分には知る由もないのだが、どうやらこの先に待ち構えている難物は、山道だけではないようだった。


雪解け水が何千年と山を削り、深くてきつい谷間を作り出した。

人々は崖にへばりつくような道を掘り、途方もない努力の果てに、谷川に橋を築いていた。

しかし何年かに一度は大雪が降り、春には激流となって道と橋を痛めつけ、遠からずすべてを押し流してしまう。そして、最初からやり直し。

こんな土地にどうして人が住み、旅人たちが踏破を挑むのかといえば、やはりそれなりの理由があるようだった。

「今、地図のここを歩いてるんだよね？」

ヴァダンと合流し、案内人も無事雇え、休憩と準備を挟んでからいよいよ難所だらけという山道に出発した。その道中では、軒を貸すだけの簡素な旅籠や、山羊飼いだけが住むような集落で寝る場所を借り、ただひたすらに山向こうを目指して歩いていた。

そんな行程も三日目に入り、ぽっと現れた日当たりの良い高台で昼食となった。

岩に腰掛けたミューリとカナンが、仲の良い双子の姉弟みたいに肩を並べ、チーズの挟まったライ麦パンを食べながら地図を見ている。険しい土地ゆえに物流が乏しく、贅沢な食事こそないものの、チーズの種類はとても豊富で、食いしん坊のミューリも食事には満足していた。

口の端についたチーズの欠片を、小指で口の中に押し込みながら熱心に地図を見ているミューリが指さすのは、背中に羽を生やした馬が飛び越えようとしている山岳地帯のど真ん中だ。

「エーブお姉さんが悪態ついてたよ。この山がなければ、南の地のオリーブの実をあっという間に北の内陸部に届けられるはずだって」

そして、実際に「あっという間」に届けようとするのが、自分たちのような身軽な格好とは違い、山ほど荷物を抱えて難所を進む男たちだ。

荷物を運ぶのは己の足で、かかる費用は腹を満たすパン代のみ。

無事に峠を越えられれば、莫大な運送費用と時間を節約できる。

こんな道でも人が行き来し、道中に旅籠や集落があるのは、命知らずの駆け出し商人たちには黄金へ至る近道だからなのだ。

「カナン君たちも王国にくる時、このへんを歩いてきたの？」

「いえ、いえ、まさか。もう少し南回りの道ですから、山はもっと低かったです。ただ、それなりに大変ではありました」

「エーブお姉さんに聞いたら、普通は船だって聞いたよ」

「路銀に余裕がなく、急いでいましたからね。風待ちの多い西回りの航路の船を待っていられなくて」

「西回りの航路って、海を通って、ぐーっと大きく迂回するんだっけ」

　ミューリはその指を、自分たちのいる山脈から南におろす。

　そこはかつての古代帝国が首都を置いていた一帯で、信仰の総本山である教皇庁がある。そこから船でウィンフィール王国に向かう場合、南西側にせり出した大きな半島を回り込まなければならない。

　しかも風は西から東に吹きがちなので、途中で何度も足止めされるらしい。

　だから地図で見るより以上に、時間のかかる旅になるようだった。

「古代帝国時代には別の道があって、一直線にこの山を越えられたそうです。教皇庁からウーバンまで一週間で歩いていけた、という記録があるくらいです」

「そのお話、ルワードおじ様から聞いたよ。本当なんだね」

　ミューリは地図から顔を上げ、そびえたつ山の頂に目を細めていた。どこかうっとりしているのは、そこをゆく古代帝国の騎士たちの姿を想像したのかもしれない。

「逆に言うと、この地形だからな。行き来する奴らは、必ず限られた道を通る」

　二人の会話に口を挟んだのは、周辺の様子を見回っていたヴァダンだ。

「おとぎ話みたいに、攫われた天文学者が豆粒を道に落としているとは思わないが、なにか手掛かりがあるかもしれない、と思ったんだが……。人を小脇に抱えた悪党を見かけたって奴はいないみたいだ」

ミューリは軽く笑い、パンの欠片を口に放り込む。

「悪い王様に攫われた姫も、耳飾りや指輪を道に落として、騎士様がそれに気がつくのが定番だもんね」

ミューリの言葉に、ヴァダンは肩をすくめていた。

「道が限られているとはいえ、抜け道のようなものはないのでしょうか？」

そう言ったカナンは、青い空を切り取る急峻な山々を見回していた。

雄大な景色の中では己の小ささを実感するものだが、同時にこれだけ大きければ、隙間もたくさんあるのではと思えてくる。

「当然、そのへんも地元の案内人に聞いてみたんだが、半笑いだったぜ。山羊の足を持ってるならばあるいは、ってな。さもなくば、魚みたいにそこを泳げるかだと」

示したのは、のどかな高原の風景を切り取る黒い急流だ。

冷たい雪解け水がどうどうと流れ、黒い岩肌がむき出しになっている川があちこちにある。この川のせいで、同じ谷間に広がる村であっても分断され、滅多に交流がないということが普通らしい。

こんな土地で地元民も使わない道なき道をゆくというのは、現実的とは思えない。

銅貨一枚でも節約したい駆け出し商人たちでさえ、案内人を雇って道を進まざるをえないのだから、そうしないとまず命はないということなのだ。

もっとも、その前提も、天文学者の失踪に人ならざる者が関わっていたら、その限りにない。あるいは天文学者自身が、人ならざる者であるか。

「でもさ、こんな道ばっかりなのに、本当に大きな街なんてあるの？」

「ウーバンと下界を繋ぐ道という意味じゃ、こっちは裏口だからな。俺たちはお前たちのいたエシュタットより、まあまあ北側の海からウーバンを目指した」

「アーベルクって港町だっけ？」

「ああ、それだ。主な商業路はそのアーベルクから川沿いに遡る道のほうだ。山脈に北から入るなら、こっちほど山が険しくないんだよ。こっちの南側の道は、どこも冒険者専用だと」

冒険者、という言葉にミューリは嬉しそうにしていた。

ここ数日の山登りのせいで、すっかり埃だらけだ。

夜寝る前に、せめて顔くらい拭いなさいと言うのだが、汚れを精悍さの証だとでも思っているのか、お転婆娘はわざと汚れたままにしていた。

「だからもしも学者が誰かに連れ去られているなら、本命としては北からだろう。一応、仲間が探ってるよ」

「ふうん。まあ、こんな道を、兄様みたいな学者さんが歩いてたら絶対目立つもんね。箱に入れて運んだのかとも思ったけど、それも難しそうだし」

重い箱を担ぎ、人一人がようやく歩ける程度の崖沿いの道をゆく。

カナンはその様子を想像したのか、身震いしていた。

「けど、やっぱり信じられない」

「?」

ミューリの言葉に、カナンが不思議そうな顔をする。

「この山のもっと奥に、おっきな街があるなんて」

確かに、どこまでいっても胸衝くような坂道と、深い谷間、それから絨毯を敷いたような草地だけが続く光景を見ていると、この先に大きな街があるとは思えない。

「海の底に沈んだ都市ってのは全部嘘っぱちだったが、山の中の都市は本当だったぜ」

ミューリはひとしきり笑うと、ふうとため息をついてから、足を伸ばして空を見た。

「占い師さんも、同じ空をどこかで見上げてるんだよね」

平野部とは違う、やけに青味の強い空に太陽が輝いている。

そして少し目を凝らすと、昼間でも白い星が見え隠れするのだった。

落石に怯えたり、荷崩れして立ち往生している商人をみんなで助けたり、それなりの冒険を経て、ようやく最後の峠を越えることができた。

峠のてっぺんには旅人の手によって小石が山と積まれ、棒が突き刺さってぼろ布が風にはためいていた。これからの旅の安全を祈り、これまでの無事を神に感謝するものだ。信仰心はなくともこの手のことが大好きなミューリは、もちろんその山に石を一個載せ、自分たちもそれぞれ記念に石を足しておいた。

そして、そこから見える光景に、過酷な環境で生きる人々の力強さを見た。

「……すごいね」

いつものはしゃぐような言い方ではなく、思わずつぶやいてしまったようなミューリのその一言が、絶景の威容を示していた。

「それに、街全体が要塞みたい」

そこからはウーバンの全景が見えていた。

すり鉢状の盆地につくられた石造りの都市は、確かに天然の要塞だった。

特に要塞めいているのは、ぐるりと囲む山脈の標高が高すぎて、中腹あたりから木々が一切生えていないせいだ。

その反面、標高が下がるにつれて緑に覆われ、盆地の底の部分に至ると、今度は豊富な雪解け水のせいか、黒々とした森が生い茂っている。

その森を大蛇が這うように太い川が流れ、緑の雪崩とともにウーバンの北側の谷間から北西に向かっていた。

その川沿いがヴァダンの言った、主要な商業路なのだろう。

「戦乱の時代、難攻不落と言われた理由がよくわかるね」

エシュタットでウーバンの昔話をたっぷり読んできたミューリは、熱いため息と共にそう呟いた。

古代帝国が崩壊し、その衣鉢を巡って争われていた時代。傭兵王が居座るウーバンを、どこの王も陥落させることができなかった。おかげで本当は六人の選帝侯で作るはずだった新しい帝国に、七人目を付け加える羽目になったらしい。

その七人目が、今も続くデュラン家の祖だそうだ。

「敵の軍勢は、あの北側の谷間からくるしかないけど、両脇はどこまでいっても高台が続くんだもんね。おまけに投石のための石はこんなにあるんだもの。絶対に攻略できないでしょ」

戦記物も大好きなミューリが興奮気味に話すのを、カナンが感心したように聞いている。

「じゃあって思ってウーバンの背後をつこうとしても、通じている道は私たちが通ってきたような道しかない」

話で聞けばそうかと思うが、いざ目の当たりにするとその事実に圧倒される。

ウーバンというのは、そういう都市の典型だった。

しばらく息を呑む絶景を楽しんでから、ようやく自分たちは峠を下り始めた。

「煙がいっぱいなのは、温泉じゃないんだよね？」

ミューリがそう言ったのは、景色が雄大すぎるせいで近いようで遠くにあるウーバンの都市が、ようやくその詳細を明らかにし始めた頃のこと。

「鍛冶屋の煙でしょう。鍛冶が数少ない産業だとエーブさんから聞いていましたが……」

それは決して、規模が小さい、という意味ではなかったようだ。

「濃い森がずーっと果てまで続いてるもんね。ニョッヒラよりもすごいかも。ここからは見えないけど、山の向こうにもいくつか国があるんでしょ？」

「国というより、点々と存在する村や集落の連合体のようです。代表としてウーバンのデュラン選帝侯が取りまとめ、この山岳地帯を治めてきたとか。そして鉄の鉱石が東の山からもたらされ、木材は西の山からもたらされ、このウーバンにて鉄となり、あの川に沿って運ばれていく……だそうです」

「傭兵王の鍛冶屋さんなら、剣もたくさん作ってるよね」

「買いませんからね」

釘をさすと、べっと舌を出された。

つづら折りの道をひたすら下り続ける中、ウーバンの町並みがいよいよはっきりと見えてくる。石造りの建物が多いのは石材が豊富ということもあろうが、鍛冶の里は、火災が多いのかもしれない。

「お城はあれかな」

「塔がありますから、そうでしょう」

「じゃあの塔のてっぺんに、占い師さんがいたってことか」

事前の話の感じでは、人もまばらな山奥の領地から、大胆不敵に天文学者が誘拐されたという印象だった。

しかし実際のウーバンは想像以上に大きな街で、ここから人一人が攫われたとしても、そうそう目立つまい。北側の川沿いの道ならば、人を詰めた行李を運ぶことも難しくなさそうだ。

選帝侯が破れかぶれになって、事件に関係のありそうな者たちを片っ端から牢に放り込んだという気持ちは、なんとなくわかる気がした。

「なんにせよ、ここは冒険譚に相応しい場所だね」

埃っぽい山道を何日も歩きどおしで、ミューリの様子もすすけている。

けれどそんな格好こそ、お転婆娘の笑顔にはぴったりなのだった。

ウーバンにたどり着くと、ヴァダンの仲間が出迎えてくれた。

人に化けられない者たちもたくさんきているようで、彼らはあらゆる隙間からウーバンの建物に侵入し、見た目は良くないが居心地の良い宿を見つけてくれていた。

選帝侯の屋敷を訪ねる前に、まずは自分たちの足でも情報を集めておきたい。

特に選帝侯の人となりについて、肌感を摑んでおきたかった。

もっとも本音を言えば、山道を乗り越えてきたばかりで選帝侯とやり合うのは気が重かったので、少し休憩を挟みたい。

けれどもちろん、冒険中のミューリに疲労の二文字はない。

「日が暮れる頃には帰ってくるんですよ！」

疲れているのだからおとなしくしろなんて言っても聞かないだろうし、ミューリなら初めての街でも道に迷う心配もない。それに肩にはあっという間に仲良くなったヴァダンの仲間の鼠を乗せているので、大抵のことはなんとかなるだろう。

「はあい！」

ミューリはいつものかたちだけの返事をして、小僧の格好に着替え終わるや、部屋から飛び出していった。

「まったくもう……」

『元気な娘だな』

呆れていると、鼠の姿に戻ったヴァダンがテーブルの上で同じような顔をしていた。

「イレニアさんと連絡は取れますか？」

『ああ、すでにお前らのことは伝えにいってる。あと、留守中に特にこれといったことは起こらなかったみたいだな』

テーブルの上で話すヴァダンの下には、ひっきりなしに仲間の鼠がやってくる。

見る人が見れば、箒を手にして大騒ぎだろう。

自分も湯屋の食糧庫がこんなことになっていたら卒倒するだろうが、今は不思議なおとぎ話の一場面のようにしか思えない。

あるいは、ヴァダンも含めて、出入りする彼らの毛並みが艶やかなせいかもしれないが。

「つまり、手掛かりもなし、ということですか」

『誘拐したのは、人ならざる者だと思うか？』

塔のてっぺんから、天文学者を目撃者もなく攫ってしまう。

狼娘の兄代わりを務めてきた自分なので、もちろんその可能性は排除していない。

「たとえば大きな鳥が、夜闇に乗じて星を観察する天文学者を、ということですよね」

『鳥の錬金術師なら、できなくもない』

このヴァダンと、その主人である変わり者の貴族ノードストンとの騒ぎの際、協力してくれた錬金術師ディアナ。彼女もまた人ならざる者であり、大きな鳥の化身だという。

「それならシャロンさんの仲間がなにか掴んでくれるでしょう」

一応エシュタットからはシャロンの仲間の鳥がついてきてくれていたのだが、標高が高くなりすぎたところで引き返してしまった。空気が薄いせいもあるが、道中、大きな翼を広げて旋回する猛禽をよく見かけたせいだ。

山岳地帯を大きく迂回して、北側から改めてこちらに向かうというようなことを、ミューリが聞き取ってくれていた。

『一応俺たちもこの街の鳥に聞いてみたがな、特にめぼしい話はなかった』

人ならざる者たちの力は、普通の人間からすると完全におとぎ話だ。

「では……本人が、人ならざる者の可能性でしょうか。ヴァダンさんの眷属なら、そっと懐に入れて運べますし」

面白くもない冗談だ、という感じで鼠は肩をすくめた。

『ま、そのへんは狼のお嬢さんが塔に赴けばわかるか』

母親の賢狼ほどではなくとも、ミューリの鼻も狼並だ。

会議などでカナンと長時間間いた後は、もの言いたげな顔で匂いを嗅いでくる。

塔で争いごとがあったのであればその痕跡を、それから天文学者が人ならざる者であれば、そのことにも気がつくはず。

『とりあえず、俺は少し休憩したい。船の上ならどれだけ揺れてても疲れないんだがな……』

一味の頭領ということで、部下たちがせっせと報告にくるのを捌き終えると、ヴァダンはぐったり机に突っ伏していた。

書庫では本をかじり、食糧庫では食べ物をかじり、宿では人の足の指先をかじる憎き鼠だが、こうしてみると可愛らしいとも思う。

「カナンさんも街を散策したそうでしたから、ついでになにか買ってきましょうか。道中もそうでしたが、ウーバンはチーズで有名だそうですから」

ヴァダンの丸い耳が機敏に動いた。

『……それなら、いい店がある』

「お任せください」

ヴァダンからお勧めの店を聞き部屋から出ると、隣の部屋でそわそわと木窓の外を眺めていたカナンを誘って、ウーバンの街に軽く繰り出した。

大きなチーズを買って帰る道すがら、宿の前でミューリとばったり出くわしてしまい、なだめるのに苦労したのだった。

宿併設の酒場では、巨大なチーズが常に暖炉の側に置かれていた。

その表面をあぶって溶かし、これまた大きな鉈で削いで滝のように肉にかけるという、豪快な名物料理があるのだ。

自分とカナンが二人で街を散策していたことにへそを曲げていたミューリも、この料理のおかげで機嫌を直してくれた。

そしてその晩は、頭上から降りかかる溶けたチーズに押しつぶされる夢を見た。

もちろんその原因は、こちらの胸の上でいびきをかく、子狼のせいだったのだが。

「この癖もいつ治るのか……」

朝、目を覚まして体の上からどけようとしても、甘えん坊の騎士はむずかって抵抗してくる。

そうこうしていると頭上に気配を感じ、天井と壁の隙間から鼠が一匹顔を出していた。

『これが薄明の枢機卿ねえ……』

「……おはようございます」

ヴァダンが器用に壁を伝って下りてきて、昨晩酒場から持ち帰った干しブドウを一粒かじる頃には、ミューリも目を覚ましていた。

「イレニアさんの匂いがする……」

「え？」

『さすが狼だな。その鼻で天文学者の足取りも追いかけてくれよ』

ミューリは一度体を丸めると、尻尾の毛が膨らむくらいにあくびをして、最後に大きく体を伸ばしていた。

「ふわあ……。森の中なら山を越えても追いかけられるけど、ここはあっちこっちに鍛治場があるから難しいかも。街中が炭と鉄の匂いだらけだもの」

昨日は街に到着するや早速散策していたが、遊んでばかりいたわけではないようだ。

『学者が星を観測してたって部屋に行けば、なにかしらの手掛かりはあるだろ。いや、この場合は鼻掛かりか？』

「イレニアさんはなにか言ってた？」

ベッドから下りたミューリも干し葡萄に手を伸ばし、ついでに鼠の姿のヴァダンの頭を指でちょこちょこ撫でる。

『快適に暮らしているから、心配はしないでくれと』

ミューリはくすくす笑っていた。

「私たちが街に到着したことを、選帝侯はすでに把握している感じでしょうか」

狼と鼠のじゃれあいをよそに、水差しから水を一口飲んでそう言った。

『ここは特に見張られていないけどな。狼の意見はどうだ？』

「大丈夫だと思う。この兄様が、世を騒がせる薄明の枢機卿の仮の姿だなんて誰も思わないよ」

「……それなら、太陽の聖女様もそうですね」

そう切り返してもミューリは当然気にしたふうなどなく、嫌そうな顔をするこちらを見て喜ぶだけ。

「じゃあ、今日も街をお散歩？」

こちらの腕を取り、お転婆娘はにっこり笑ったのだった。

カナンたちは教会で、自分たちは商会や職人の工房で話を聞き集めることになった。エーブからはウーバンの鉄製品の相場を調べてくるようにとも言われている。

ミューリは昨日のうちにあちこち見にいっていたので、難なく職人街にたどり着く。ルワードによると、ウーバンの民は男ならばほとんどが戦場経験者であり、いざという時には自ら打った武器を手にして戦いに赴く、なんて話だったが、さもありなんという雰囲気ではあった。

「皆さん、職人というには誰も彼もがたくましいですね……」

「立てかけてある槍や剣も、お部屋に飾る用じゃないやつばかりだよ。それにほら」

ミューリが指さすのは、密集した職人たちの工房の間を流れる水路だ。

目が覚めるほど透明な雪解け水の上を、山盛りに刀剣を載せた船が行き来している。人の背に積むには重すぎるそれも、川を使えば容易に運ぶことができる。

きっとあれらも川を下り、海に出て世界各地に売られていくのだろう。

「じゃ、お話を聞いて回ろうか」

ミューリはそう言って、早速一件目の工房に入っていったのだった。

ひとしきり話を聞き終わる頃、水路にかかる橋に差しかかり、ミューリは面白くなさそうに水面を覗き込んでいた。

「ここの領主様が傭兵王って呼ばれてたのは、前の代までなんだね」

声が小さかったのは、まさにここが選帝侯のお膝元だからというわけではなく、単にがっかりしていたからだ。

そもそも、商人や職人たちが選帝侯をあしざまに語るその様子は、こちらが思わず周囲を見回してしまうほどだったから、今更声を潜める必要もない。

「商人さんも職人さんたちも悪口ばっかり言うのは、仲間の人たちが牢に放り込まれているからっていうのもあるんだろうけど」

選帝侯がお抱えの天文学者を捜すため、片っ端から怪しい者を牢に放り込んでいる話は、ヴァダンから聞いていた。そして当たり前だが、そんな暴挙はウーバンの街にあらゆる軋轢を生み出していた。

特に理不尽に見舞われていたのは、天文学者が観測に使うための道具を作っていた鍛冶職人たちで、彼らは専門的な器具の製作上、天文学者と接触することが多かったため、誘拐の実行役として真っ先に疑われたらしい。

そして職人たちは、仕事の良し悪しと同じくらい、体面をものすごく大事にする。

おかげで仲間が悪事の片棒を担いだと見なされるや、血の気の多い鍛冶職人たちは激高し、徒党を組んでデュラン選帝侯の屋敷に詰めかけたらしい。仕事がない時には槍を担いで傭兵として出稼ぎに出るような者たちというから、迫力も実力も相当なものだろう。

牢を襲撃し、捕らわれている者たちを腕力で助け出すことこそしなかったが、デュラン選帝侯も譲歩せざるを得なかったようだ。

それで今では、職人たちが持ち回りで一定人数牢に入る、という奇妙なことになっているらしかった。

これでは下手人候補を牢に留め置くという目的など果たせない。単に選帝侯の面子を守るため、職人たちと妥協した結果なのだろう。

また、外部とやり取りすることの多い商人たちも誘拐の嫌疑をかけられ牢に放り込まれていたが、こちらの経緯も似たようなもの。

穀物の収穫が乏しい山岳地帯では、冬を越すのに商人たちの力が欠かせないが、商人たちが抗議のために冬場に荷物をまとめてウーバンからいなくなるのを恐れた選帝侯は、家捜しすらできていないらしい。

さりとて無罪放免というわけにもいかず、それで今では幾人かの商人たちが、牢を執務室代わりにしてやや不便を強いられながら、営業しているとのことだった。

なんとも煮えきらない様子なのには、もちろん理由がある。

「戦に出たことのない傭兵王、と呼ばれていましたね」

選帝侯は生まれつき病弱なうえ、子供の頃に落馬して以来、杖をつく生活だという。

デュラン家がその武の威光によって選帝侯の地位をもぎとったのは、もうはるか昔のことと はいえ、伝統というのは強固なものだ。

デュラン家当主には武人としての権威が望まれ、代々筋骨隆々の偉丈夫が玉座についていたらしい。

そしてその武威によって、独立心旺盛な山の民たちを強力にまとめ上げてきたという。

「兄様がルワードおじ様の地位に就くようなものかな」

「あなたが聖職者になるようなものです」

「私ならできるけど？」

どの口が言うのだと呆れてから、話を戻した。

「お話を聞く限り、デュラン選帝侯には権威がなく、自身もそれを自覚しているようです。そのため無理を押し通せないが、領主として弱気な面も見せられないという、辛い状況にあるのでしょう」

職人や商会の面々に話を聞く限り、デュラン選帝侯はその地位を追われかけているというのが、一致した見解だった。

かつてのデュラン家から枝分かれした分家が、ウーバンの東にある集落にいるらしい。鉄鉱山の権益を支配しているそうで、その家長が虎視眈々と選帝侯の地位を狙っていて、今や蜂起の時期を見極める段階だ、という噂だった。

「この山で選帝侯に味方をする者がいないのならば、誰が天文学者を誘拐してもおかしくありません」

「嫌がらせってことだよね？」

「ですね。お抱えの学者一人守れないようなら、どうしてこの土地の民が守れるのかと。選帝侯の座を狙っている者たちにとっては、絶好の口実でしょう」

領主が税を集めるのは、敵から領地を守るためという建前があるからだ。

ウィンフィール王国がついに教会に反旗を翻したのも、教会が既に存在しない異教徒との戦いのための税を集め続けていたせいだった。

「だとすると、犯人が教会だとする選帝侯のお考えですが……」

自分のつぶやきに、ミューリが赤い瞳を向けてくる。

「もしかしたら、本当はそうは思っていないのかもしれません」

「どういうこと？」

「この状況では、教会以外の者を犯人と名指しすることができないのではないでしょうか」

地元の誰かを犯人だと糾弾すれば、そこから火の手が上がりかねない。すでに鍛冶職人たちからは蜂起一歩手前の脅しを受けている。

しかし教会であれば、今の時勢的に批判しても許される。

姑息ではあるが、そういう現実的な判断ではないか。

「物語みたいにはいかないんだね」

光り輝く傭兵王を期待していたのだろうお転婆娘は、夢から覚めたような顔でがっかりしていた。

「ただ、イレニアさんはどうして私たちを呼んだのでしょう？」

水路の水面を覗き込んでいたミューリが、確かに、とばかりに顔を上げた。

「困ってる王様を助けられれば、恩を売れるからってことかな」

自分たちが教会と戦うため、味方になってくれる権力者を探していることは、もちろんイレニアも知っている。

デュラン選帝侯はその意味で、付け入る隙が多い、と思ったのかもしれない。

「これまで聞き集めた限りでは、選帝侯は武人としては疑問符がついても、信仰には篤い人物という感じもします。であれば、確かに私たちの考えに共鳴して、教会との戦いにおいて心強い味方になってくれるかもしれませんが……」

立ち上がったミューリは、足元の小石を蹴って、水路にぽちゃんと落とす。

「錆びた王冠を被った王様を助けても、しょうがないよね」

身も蓋もない言い方だが、おおまかにはそのとおりだ。

それに街の状況を見るに、どうにか玉座を守れたとしても、教会という強大な組織と渡り合うための味方としてはひどく心許ない。

もちろん、この天文学者の誘拐騒ぎが誰かの仕組んだ陰謀であり、公明正大な選帝侯が悪意に満ちた権力争いの犠牲になっているというのならば、彼を助けることは正義にかなう善行ではあろう。

ただ、あのイレニアがそれだけのことで、自分を巻き込もうとするだろうか。

彼女が正義を貫こうと思えば、一人で貫き通せるのだから。

「会ってみればわかるよ」

そこに、ミューリが妙にはっきりとした声で言った。

おとぎ話が大好きなくせに、根っこは誰よりも現実的。

「そうですね。宿に戻りましょうか。カナンさんたちも色々聞き集めているでしょうし」

そう言って歩き出しても、ミューリはなぜかその場から動かない。

「どうしました？」

振り向くと、狼の血を引く少女は呆れた顔で反対側を指さして、「宿はこっち」と言ったのだった。

宿にてカナンと合流し、ヴァダンも交えて情報を整理した。

するとウーバンにおける教会の事情は、大体想像の範囲内だった。

人々の信仰そのものは篤くても、外部との交流が少ない土地柄ゆえ、教会はどこかよそ者という認識らしい。おまけに辺鄙な土地のため、ウーバンの教会自身、教会組織の中では孤立しがちのようだ。

おかげで彼らは選帝侯から誘拐犯と名指しされても、これといった反撃ができず、牢には聖職者が数人捕らえられたままとのこと。

もっとも、その待遇は商人や職人たちとあまり変わっておらず、用事がある時は自由に牢から出ているそうなので、選帝侯はやはりまったく権力を掌握できていないことになる。

「侯のお人柄そのものは、悪くないそうなのですが」

自分たちが話を聞いた職人たちは、口を揃えて腑抜けだと語り、商人たちの評は、まあまあ頑張ってくれてはいるが押しが弱くて頼りない、というものだった。

とくに彼らが共通して語るのは、選帝侯の弱さのせいで、自分たちの生活が圧迫されている、という不満だった。

「選帝侯の権威が低いから、ウーバンから流れ出る川には山ほど泥棒貴族が群がってる。連中が好き勝手に関税をかけているせいで、輸入する商品の値は不当に上がり、輸出する商品の儲けはどんどん削られてる」

そんな事情もあって、関所を設けられないくらいに険しい道である山脈の南側から、駆け出し商人たちが荷物を担いでやってくるのだ。

「きっと選帝侯は、心優しいお方なのです。良き人が必ずしも良き君主になれないという皮肉は、世の中にたくさんあるものですから」

カナンが悲しそうに言った。

そもそも天文学者を抱えているような領主なのであり、剣を振り回すよりも学問に感心を持ち、詩を愛するような文人なのだろう。穏やかな平野部の領地でならば名君になったかもしれないが、ここは生きていくだけでも大変な山岳都市。

粗暴なほどの押しの強さがなければ、降り積もる雪に押しつぶされるのみ。

「ただ、教会にてお話を聞く中で、不思議に思うことがありました。実際、聖職者の皆様も同じ疑問を持っていたようです」

「疑問、ですか？」

「はい。選帝侯はなぜ、そこまで天文学者様に執着なされているのか……と」

ミューリはこちらとカナンを見比べて、軽い調子で言った。

「コケンに関わるってやつでしょ？」

聞きかじりの単語なせいか奇妙な発音だったが、言ってることは間違いではない。

「ミューリさんのおっしゃるとおりなのですが、どうも学者様の行方がわからないと判明した時、選帝侯の慌てようはかなりのものだったとか。それで、口さがなく言われることもあったようで」

「口さがなく？」

カナンは世の中のしょうもなさに呆れるように、肩を落とす。

「天文学者様は、若い女性だそうですから」

色恋沙汰。

ミューリが少し目を輝かせているし、天文学者の行方に執着する理由としては、実にわかりやすい。

ただ、それだとますます話が繋がらない気がする。

ヴァダン曰く、デュラン選帝侯はなにか秘密を抱えていて、誘拐騒ぎについて思いきった手段を取れないのは、権威の弱さのほかにもその秘密に原因があるのではないか、という見立てだった。

それとも色恋沙汰によくあるように、本人だけがばれていないと思っているのか。

それにやはり一番気になるのは、イレニアが自分を呼び寄せたその理由だ。

「ヴァダンさん、イレニアさんと直接お話したいのですが」

部屋の隅で壁にもたれかかり、腕を組んで話を聞いていたヴァダンに声をかける。

ヴァダンは体を起こし、「待ってろ」と言って部屋から出ていったのだった。

牢と言われると、川沿いの橋のたもとに作られたじめじめした地下室を想像してしまう。けれど手紙では呑気な感じだったし、職人や商人たちの話からもあまり陰惨な感じは受けなかった。

そして実際に現地に赴けば、そこは牢というより、元々は貯蔵庫かなにかのようだった。場所は選帝侯の屋敷の敷地内なのだが、ウーバンでは侯の屋敷が市政参事会などの公的な機能も兼ねているようで、様々な建物が寄り集まっていて全体はかなり広い。

基本的には人の出入りが自由だし、日中なら誰が歩いていても違和感がない。

これなら人を一人誘拐するくらい、さほど難しくないだろうと思った。

ヴァダンの案内で、そんな屋敷内の敷地を自分たちも堂々と歩いているし、誰かが見とがめるようなこともない。

そして件の牢はというと扉は開けっ放しで、見張りの兵が立つわけでもなく、なんなら職人たちは牢の前に背の低い長椅子を置き、仕事に精を出していた。紙束を抱えて忙しく出入りしているのは、商会の小僧たちだろう。

「牢屋？」

ミューリが小首を傾げてヴァダンに尋ねると、鼠の親分は肩をすくめていた。

それからヴァダンが建物の中に入り、ほどなくすると外の明るさに目が慣れないのか、眩しそうにしながら一人の娘が外に出てきた。

「イレニアさん！」

「お久しぶりです、ミューリさん」

ミューリはイレニアに飛びつき、イレニアも嬉しそうにミューリを抱き止める。事前に無事だという話は聞いていても、実際に会うまでは自分もミューリもちょっと心配だった。

イレニアはいたって健康に見え、牢に繋がれていたような様子は欠片もない。若干風変わりな宿にでも逗留していたかのようだ。

「コルさんも、こんなところにまでわざわざありがとうございます」

イレニアは殊勝な感じだが、自分がここにくることを欠片も疑っていなかった様子に、やや苦笑いする。この羊の娘には、目的のためなら手段を選ばないところがある。

あのエーブに雇われているのも、羊の化身ゆえに羊毛の目利きができるだけでなく、それなりの理由があるわけだ。

「そちらの方は？」

イレニアがカナンを見ると、カナンは珍しく緊張した様子で背筋を伸ばし、自己紹介していた。イレニアの隣に立つミューリが、カナンの初心な男の子らしい様子ににやにやした後、こっそりイレニアになにか耳打ちしていた。

カナンには人ならざる者のことをまだ打ち明けていない、と伝えたのだろう。

軽い自己紹介を終えると、イレニアは早速ここに至るまでの話をしてくれた。

ノードストンと共にヴァダンの操る船で各地を巡り、新大陸の情報を集めて回っていて、この天文学者の話をディアナから聞いた。それでいざ会いにきてみたところ、行方は杳として知れない。

ただ、天文学者を擁していた選帝侯が、学者とわずかでも関係のあった者たちを手当たり次第に牢に入れていると聞き、イレニアは自ら牢に入って、中にいる者たちから話を聞き集めることとした。

おおまかには、そんなところのようだ。

「その天……てんもん……占い師さんは、どうして味方に必要なの？」

天文学者と言えなかったミューリは、なじみのある占い師という単語に切り替えてから、そう尋ねていた。ヴァダンから差し入れの甘いパンを受け取ったイレニアは、パンを裂いてミューリにも渡しながら答える。

「広大な海を渡るには、星を手掛かりにするしかありません。その点で、かなり優秀なはずだと、ディアナさんが」

ミューリはうなずき、分けてもらったパンをかじっていた。

「ただ、選帝侯は本当に手当たり次第に下手人候補を捕らえていたみたいで、牢の中には怪しそうな人などこれっぽっちもいませんでした」

商人も職人も、それから聖職者たちも、侯への最低限の敬意として、牢に留まっているらしい。なんならイレニアが一番怪しかったことだろう。

「お話を聞きましても、誰も彼もが首を横に振り、恋は人をおかしくさせるから、と言っていました」

恋愛譚も嫌いではないミューリは、楽しそうにイレニアの話を聞いていた。

しかし自分は、どうしても言葉をこらえられない。

「やはりお話を聞く限り、イレニアさんが私を呼び寄せた理由がわからないのですが」

我は薄明の枢機卿であるぞ、と言いたいわけではないが、暇なわけでもない。教会との戦いに備え、やるべきことはたくさんあるのだ。

しかも牢に放り込まれているから助けてくれ、という文面によって人を呼び出すのであれば、もう少しなにか理由が欲しかったと思っても許されるだろう。

場合によっては、ルワードたちを引き連れて、戦覚悟でやってくる可能性もあったのだから。

「ええ、確かに、世に聞こえし薄明の枢機卿様を呼び寄せるには、理由が必要ですね」

イレニアはくすくす笑ってから、言葉を続けた。

「デュラン選帝侯の権威は風前の灯火で、自らのお膝元からお抱え学者を攫われているのに、まともな捜索を行えていません。あまつさえ、犬も食わない恋愛沙汰の可能性まであって、真面目に取り合うべき事柄ではないのかもしれません」

イレニアはそのふわふわの髪の毛みたいな柔らかい笑みをたたえ、こちらを見据えている。

羊という単語は、弱いとか、愚鈍とか、食べられる側とか、そういう意味合いで使われることが多い。

けれど草原にたたずむ羊と相対したことがあれば、もう一言、執着という言葉を付け加えるべきだと思うはず。

「新大陸の話を聞き集める中、どうしても無視できない情報に行き当たったんです」

「無視できない情報？」

ミューリが聞き返すと、イレニアは微笑みを返す。

「ある意味、私たちが件の天文学者に行き当たったのは、彼女が奇妙な話を追いかけていたせいです。天文学者さんは自身の探求の過程で、ディアナさんの噂をどこかから聞きつけ、ディアナさんの工房に話を聞きにきたらしいですから」

イレニアの話は、ちょっとした謎かけのようでもあった。

天文学者が、錬金術師に話を聞きにいくその理由が、わからなかったから。

星を観測して得られる知識とは、つまるところある季節に日暮れの東の空にどんな星が見えるかというものであり、同時に、それ以上のものではない。

その境目を越えた者たちは、一般的に占星術師と呼ばれている。

彼らは星の動きから未来を読み、時には人の病まで癒そうとする。

そして占星術に効果などないのは、同じ星回りを持つはずの双子の運命が異なることから、千年も前に偉大な教父が喝破している。

しかしイレニアは、ディアナの名を出した。

ディアナは錬金術師であり、天文学者よりも占星術師に近い。

ただ、その時自分は気付いていなかった。

ディアナは占星術師の前に、もっと別の存在でもあることを。

それは――。

「皆さま、天文学者の別名はご存知ですか?」

イレニアの唐突な問いに、博識のカナンが答えた。

「星を渉猟する者、ですか?」

「ええ」

イレニアは微笑み、言った。

「行方知れずの天文学者は、「月を狩る熊」を探していたんです」

息を呑む音は自分のものか、はたまた、ミューリのものか。

イレニアの、月夜の草原でじっと行く末を見据える羊のような目が、静かにこちらを見つめていたのだった。

第二幕

教皇庁の書庫には、この世に存在するすべての書物が集められているという噂がある。その書物の海で過ごしていたカナンは、辛うじてその名を知っていた。

正確な発音はすでに失われているほど古く、今はせいぜいそのふたつ名が、わずかに昔話に残るだけ。

同時にそのふたつ名は、人ならざる者たちにとっては永遠に忘れられないものでもあり、特にミューリには暗い感情を抱かせるものでもあった。

「この山に、月を狩る熊がいるってこと？」

抑揚のないミューリの口調に、カナンが驚いていた。泣いたり笑ったり怒ったりする感情豊かなミューリには慣れていても、こんな姿を見るのは初めてなのだろう。

そのミューリより少しお姉さんのイレニアは、鷹揚に微笑んで返事をする。

「それは、残念ながらわかりません。ただ、ディアナさんから聞いた話は、ものすごく面白いものでした。ここには、月を狩る熊が狩った、その月が落ちているのではないかというのですから」

「え……？」

ミューリは呆気に取られていたし、イレニアも悪戯っぽい笑みのまま。

月を狩る熊の、狩った、月？

そんな言葉遊びのような、でも言われてみれば確かにありえそうなことに戸惑っていたら、一人だけ動じていない者がいた。

カナンだ。

「それは災いの星のことでしょうか」

おそらくこの場で最も博識であろうカナンの言葉に、ミューリが食らいつかんばかりの視線を向ける。

カナンはややたじろぎつつ、説明した。

「教会の記録にも、いくつか残っています。古来よりまばゆいばかりの星が天空を走り、時折その道を逸れた凶星が現れて、大地に災いをもたらすのだと」

流れ星くらい、山奥育ちのミューリは見慣れている。

しかし、その星が落ちてくるとなると話は別だ。

「星が、落ちる？」

どんな荒唐無稽なおとぎ話でも夢中になれるミューリでさえ、すんなり受け入れられることではないらしい。

ただ、旅をしていればそういう話は時折耳にする。

自分もまた、聞いたことがある。

「ミューリ、そういうことはままあるようです。空から落ちてきた鉄で打った、「星の剣」というのを見たことがあります。不思議なことに、それは敵の剣を手元に引き寄せる効果を持つといわれています」

ミューリが目を丸くして、口をあんぐり開けていた。

「カナンさん、月を狩る熊は、そういう星を狩った、ということでしょうか？」

「はい。もしかしたら……この土地は元来、そうしてできた土地なのかもしれません」

「え⁉　え、ええ？　どういうこと？」

ミューリが聞き返し、カナンは答えた。

「凶星の墜落は、さながら神の鉄槌の如しと言われています」

自分は良い喩えだと思ったが、説教にはとんと興味のないミューリには、ぴんとこなかったらしい。

「湯屋の土床を固める時の話ですよ」

「土床？」

「土を突き固めるために、大きな木の槌を縄で吊り上げて、落としたとします」

どすん、とまさに目の前に木槌が落ちたかのように、ミューリが視線を空から地面に落とす。

想像力豊かなこの少女の目には、木槌の衝撃で跳ね飛ばされる土と、土埃の様子までくっきりと見えたことだろう。

自分たちはエシュタットから山道をたどり、峠を越えてここにやってきた。

あの峰から見下ろしたウーバンの全景は、言葉を失うような不思議な光景だった。

それはまさに、天然の山の城壁に囲まれたような、見事なすり鉢状だったはず。

ミューリは、息を呑んで空を見上げていた。

「……え……じゃあここは、星が落ちてできた、ものすごく大きなくぼみってことなの？」

少し血の気が失せたような顔をしているのは、その威力がどれほどのものか、ミューリなりに想像ができたからだろう。

希望の町オルブルクを水浸しにする時、ミューリは意気揚々と川の堤を切った。ミューリの頭の中では、自慢の爪さえあればたとえ大きな川だろうともその流れを簡単に変えられる、くらいに思っていたらしい。

けれどいざ実際にやってみると、そこそこの川に対してさえ、ちょっと傷をつける程度が精いっぱい。自然はあまりに大きく、あまりに広いのだから。

ならば今自分たちがいるこの場を作り出したその衝撃というものは、一体どれだけ途方もないものなのか。

ミューリはその感覚を、肌で理解したようだ。

これが月を狩る熊の仕業なのだとしたら、その熊をどうこうしようなど、夢物語という言葉でさえ、追いつけない。

そこに、イレニアが静かに言った。

「カナンさんのお話するようなことが本当にあったのか……。正確なところは、なんとも言えません。ディアナさんも知らないようでした。ただ、一人の天文学者がそういう話を追いかけていたのは、確かなことです」

イレニアの言葉で、ミューリははっと呪縛から解けたようだったが、すぐに唇を固く引き結んでいる。月を狩る熊の規模の大きさに、どうあがいても勝てる道理がないと、少しでも思ってしまったからか。

実際、月を狩る熊の時代を直接知るような人ならざる者たちは、月を狩る熊のことをある種の天災だと見なしている節がある。

だから恨みなどなく、ただそういうことがあったと語るのみ。

ミューリもそんなふうに割りきってくれたらいいのだがと思いながら、イレニアに尋ねた。

「では、選帝侯が天文学者様を雇ったのも、その伝説のために？」

「そこがはっきりしないのですね。牢に入れられた皆さんも、侯がなにを考えているのか見当もつかないようでした。そのせいもあって、恋愛沙汰というわかりやすい理由が持ち出されているのでしょう」

片や神話のような話で、片や犬も食わない俗な話。

その落差にくらくらする。

「ですが、皆さん共通して言っていたのは、選帝侯は天文学者を雇うような酔狂なことをしている場合ではなかろうに、ということです」

「玉座を狙われている、という話も聞きました」

「はい。ここは傭兵王を中興の祖に持つ都市です。武人であることがなによりの地位の証で、星に興味を示すなど女々しいという感じなのでしょう。いずれにせよ、私のようななしがない羊毛仲買人にはこれ以上の調査は難しそうでした。そこで、薄明の枢機卿様をお呼びした次第です。ちょうど、選帝侯に恩を売りたいというお話でもありましたし」

イレニアがいけしゃあしゃあと言って、微笑んでみせる。

月を狩る熊の話を出せばミューリが食いつくのは目に見えていて、ミューリが食いつけばその兄もまた協力せざるをえなくなる、とまで読んでいたに違いない。

ふわふわの髪の毛と相まっておっとりした性格に見えるが、あのエーブに雇われ、重宝されている人物だけのことはある。ミューリとはまた違った意味で、油断ならない娘だ。

「コルさんがお話を聞けば、デュラン選帝侯も心を開くやもしれませんしね？」

隠しごとを告白するには聖職者が必要だろう？　なんてヴァダンも言っていたが、そううまくいくものだろうか。

不安はあったが、すでにこんなところにまできてしまっている。

それに、ミューリは月を狩る熊の話を聞き、すでにやる気満々だ。

イレニアにうまく乗せられた格好だが、選帝侯に恩を売れれば教会との戦いで味方になってくれる公算は高くなる。こちらにも利がない話ではない。

「わかりました」

そう答え、頭を切り替えたのだった。


イレニアと別れた後、カナンには自分たちが知っている月を狩る熊の伝説の説明をした。

普通の大人が聞けば呆れるようなおとぎ話だが、カナンもどちらかといえばミューリ寄り。好奇心と共に聞いていたし、月を狩る熊が大暴れした後、西の海の果てに消えたという話には、軽く声を上げて驚いていた。

少しでも夢を見る素質があるのなら、その話から月を狩る熊が海の果ての新大陸に向かったと想像するのは、難しくない。

カナンの素直な反応が嬉しかったのか、月を狩る熊の話をする時には暗くなりがちなミューリも、いつものミューリのままだった。

ミューリには誰かを恨んで暗い目をしているよりも、おとぎ話に夢中になっていてほしい。

ただ、今度はカナンのほうから、天文学者と星にまつわる不思議な話を聞かされて、夜が更けてもなおカナンに話の続きをねだるミューリを引きはがすのに苦労した。

最後は蠟燭を消し、ミューリの首根っこを摑んでいる間に、カナンに帰ってもらった。

子狼はしばらく不満そうに吠えていたが、やがてあきらめたのか、あるいは手に入れた新しいおとぎ話を反芻するためなのか、毛布に潜り込んで丸まって、ようやく静かになった。

まったく騒々しいことだが、これなら月を狩る熊の話を前にしても、大丈夫かと思う。

デュラン選帝侯は天文学者を雇い、その天文学者は月を狩る熊の話を追いかけていた。

そのさらに後を追うのは、羊の化身と、狼の娘だ。

なにが待っているかはわからないし、不安が完全に晴れたかというと、それも嘘。

ミューリは賢い少女だから、わざと明るく振る舞っている可能性がある。

しかしきっと神が我々を見守り、お導きになってくれるはず。

そう自分に言い聞かせ、眠りに落ちたのだった。


あまりもったいぶったことは好きではない。

だから天文学者の件については、選帝侯のところに直接足を運べば早かろうと思ったのだが、カナンたちに止められた。

まずはカナン、それにエーブの部下たちが、露払いとしてデュラン選帝侯の屋敷に使者として訪問し、薄明の枢機卿の来訪を告げることとなった。

仰々しさを嫌がるこちらに対し、カナンは珍しくため息交じりに言った。

「ハイランド様から預かっている身分を示す証書と、エシュタットの大司教様に発行してもらった親書を持つ者が、供回りもなしに旅をしているはずがありません。偽者だと思われてしまいますよ」

特に選帝侯は誘拐騒ぎで疑心暗鬼になっているはずなのだからと畳みかけられ、しっかり叱られてしまった。

信仰は目に見えない。

この世で正しさを示すには、形式ばった振る舞いが必要なのだ。薄明の枢機卿の役をやりきるという決意はしたものの、やっぱりまだまだ慣れないことばかり。

ただ、こういう時には我が意を得たりとばかりにちくちく甘嚙みしてくるはずの子狼は、やけに静かだった。

カナンたちが自分を部屋に押しとどめ、デュラン選帝侯の屋敷に向かった後、ミューリは部屋の中を歩き回り、鼠が出入りする壁の穴につま先でちょっかいを出したり、木窓を開けたり締めたりして、上の空なのだ。

「……落ち着きなさい」

ミューリは数瞬動きを止めるが、またすぐにそわそわと動き出す。

月を狩る熊がこの山にいたかもしれないという話。それに関連しそうな、空から落ちてくるという星についての話。

ミューリの小さな頭の中は、いろんな可能性でいっぱいになっているようだった。

そのせいもあってか、カナンたちが首尾よくデュラン選帝侯と話をまとめてきた後、選帝侯への謁見は太陽の聖女の格好でするべきか、それとも騎士の格好でするべきかで、ミューリと少し揉めることになった。

ミューリがやたらと剣を帯びたがるので問いただせば、デュラン選帝侯が実は月を狩る熊であり、自身の正体を嗅ぎつけた天文学者を亡き者にしたのだ、なんて可能性まで考えているらしかった。

寝言に返事をしてはいけないなんて言葉があるが、少し目を覚まさせる必要があった。

「もしも選帝侯が月を狩る熊なら、ヴァダンさんやイレニアさんがとっくに気がついているはずでしょう」

ミューリは一応納得したようだが、それでも賢狼から渡されている麦袋を、落ち着きなく揉みしだいていた。

今からこの調子だと、もしもこの先の旅で本当に月を狩る熊と出くわすことになったらどうなってしまうのか、いささか不安になってくる。

早く大人になって落ち着きを手に入れてほしい、と思っていたら、そのミューリが不意に動きを止め、耳と尻尾をぴんと立てていた。

ほどなく壁の隙間から鼠が現れ、テーブルの上に駆け上がる。

『侯に会うための準備は終わったか？』

ヴァダンの言葉に、ミューリがほとんど無意識に剣に手を伸ばしていたので押しとどめる。

そして、夜中に寝ぼけているところを厠に導くようにその両肩を掴み、太陽の聖女の格好をさせ、選帝侯の屋敷へと向かったのだった。

選帝侯の屋敷に到着すると、入り口前でカナンたちと合流し、そのまま敷地の中心部へと向かった。

狭くて建物の密集したウーバンの街中で、侯の屋敷を抱える敷地は例外的にゆったりと作られている。広々とした中庭を横切っていると、ここが険しい山の中だということを一瞬忘れてしまうほどだ。

列柱の配された古風な渡り廊下を進み、敷地内でもひときわ威厳のある、修道院風の石造りの建物にたどり着く。その入り口前に、兵を従えた初老の男がいた。

服装からして、侯に仕える家令なのだろう。

鋭く品定めするような目を向けてくるのは、主家の威厳を保つのが彼らの仕事だから。

確かにここへ自分が一人で呑気にやってきたら、追い返されるのが関の山だろう。

世の中のほとんどの貴族は、ハイランドのように寛容なわけではない。

家令の見下すような目に、ミューリは剣呑な雰囲気をまとい始めていたが、自分はなににも気がついていないという振りで、挨拶を述べた。

「ウィンフィール王国はハイランド卿の庇護を受けております。トート・コルと申します」

慇懃に頭を垂れるが、家令からの返答はない。

ゆっくり四拍数えてから顔を上げ、付け加える。

「怖れ多いことながら、薄明の枢機卿と呼ばれるようなことも」

そして、微笑んだ。

このあたりは、エーブから指導を受けて練習してきた。

ミューリが聖女の振りをするため、ハイランドから礼儀作法を学ぶようなもの。

居丈高な貴族と出会った時にどうすればいいか、エーブは楽しそうに教えてくれた。

家令は口ひげを鼻息で揺らし、身を翻す。

そうしてから、ようやく肩越しにこちらを見た。

「侯はお会いなさるそうだ。光栄に思うがいい」

もう一度目礼すると、家令はさっさと建物の中に入っていく。

斜め後ろを振り向くと、ミューリが聖女らしからぬ胡乱な目つきをしていた。笑ってその頬を摘まむと、鬱陶しそうに手で払われた。

家令の後に続いて入った屋敷の中は、侯の住まう宮殿というより、まさに修道院に相応しい質素さだ。調度品は少なく、どことなくがらんとし、屋敷を維持するための下男や下女が忙しく走り回っている感じでもない。

もちろん手入れが行き届いていないわけではないのだが、なんとなく雰囲気としては、この屋敷を引き払う直前のようですらある。

古い建物らしくやけにうす暗い廊下を進んでいくと、やがて緋色の絨毯が敷かれた廊下に行き当たる。高貴な者が行き来する場所なのだろうと、ようやくそれでわかる。

絨毯の続く先の扉の前には軽装の兵が二人いて、家令を認めると一人が扉を軽く叩いた。

ここからは聞こえなかったが、なにか返答があったようで、兵が扉を押し開け、家令はこちらに視線を向けてから、部屋の中に入っていった。

ついてこい、ということなのだろうと判断し、無遠慮な視線を向けてくる兵二人の間を通り抜け、部屋に入る。

一瞬、背後がざわついたのは、カナンの護衛やエーブの部下が、入り口で止められたから。

自分がうなずくと、剣を帯びた彼らは無理に入るのをあきらめ、部屋の外で待機することになった。

そして、広い部屋に視線を戻したその直後、昨日ぶりの声がする。

「コルさん」

大きな長テーブルの端に、牢から呼び出されたのだろうイレニアが座っていた。

自分たちを案内していた家令は、部屋の一番奥まで進み、背もたれの高い椅子の隣に立って言った。

「侯がお見えになられる」

やがて奥の扉が開き、兵に先導された一人の男が入ってきたのだった。

「若いな」

席に着いた侯の一言目が、それだった。

壮年で、明るめの茶色の豊かな髪と髭が波打ち、いかにも武で鳴らした家柄の領主然としている。病弱、なんていう話を街で聞いていたので、もっと痩せた人物を想像していたが、そんなこともなく、立派な体格をしている。

けれど確かに侯は左手で杖をついていたし、それも昨日今日という感じではなく、生活に溶け込んでいるように見えた。

「名は？」

問われ、頭を下げながら答える。

「トート・コルと申します」

「ふん……噂で聞いていたのとは、だいぶ雰囲気が違うな。裸足で山道を歩き、野の鳥にも説教する類かと聞いていたが」

確かに、教会の腐敗を正面から糾弾する改革の烈士としては、そんな印象が相応しいのかもしれない。

「まあいい。他人の期待から逸れているという意味では、余も人後に落ちん」

侯は皮肉っぽく言って、立ち上がる。ことさら難儀そうに杖で床を突いてみせたのは、勇猛果敢な傭兵王に杖は相応しくないという自虐の振る舞いかもしれない。

「フリーゲル、お前は他の客人をもてなしておけ」

侯は家令に命じると、こちらに視線を向ける。

「枢機卿殿。しばしつきあいたまえ」

侯は、くすんだ硝子のはめられた窓の外に向かい、顎をしゃくってみせた。

人に聞かせたくない話をするのだろうかと一瞬緊張したが、顔に出さず目礼する。

それからミューリに目配せするが、小さな騎士は特に関心を見せなかった。

このミューリは、選帝侯が人ならざる者であり、なんなら月を狩る熊かもしれない、なんて空想を働かせていたが、その反応を見るに侯は見た目どおりの人間だったようだ。

もちろん、確認したかったのは侯に悪意があるかどうかで、ミューリがこの様子なら、危険はなさそうだ。

自分は侯の後ろに続き、広間から直接中庭に続く扉より外に出る。

侯は外に出れば、空を見上げて目をすがめていた。

「下界は空の色が違うと聞いたが、どうかね」

尋ねられ、自分も空を見上げる。

「こちらの空は、青味が濃いような気がいたします」

「ここは下界よりも神の玉座に近いはずだが、そなたの目ならば見えるかね」

「……残念ながら」

どういうつもりの質問か測りかねたが、聖典をどれほど読み込み、祈りを捧げても、神の衣の裾さえ見たことがないのは事実だ。その感情が伝わったのかどうか、侯は咳き込むように笑うと、土を突き固めた中庭に下りた。

「余もこの足が動かなくなってしばらくは、一言文句を言おうと空をよく見上げたものだが」

侯が振り向き、笑う。

苦労の多さのせいか、笑うとその皮肉な感じがやけに際立った。

「まさか、この期に及んで慈悲を見せようとはね」

「それは……？」

「もちろんそなたのことだ。薄明の枢機卿」

侯は前に向き直り、杖をつきながらゆっくりと歩いていく。

広い中庭には果樹らしきものが植えられ、青々とした葉をつけていた。

「あの羊毛仲買人の娘がそなたのことを言い出した時は、半信半疑だったがな。しかし、疑う余に対し、神は予兆を授けられた」

なんとなくだが、鼠のヴァダンたちがちょっとした奇跡を演出したのではないかと疑った。寝ている間に聖典を枕元に運ぶことくらい、彼らにとっては朝飯前だろう。

「そして、はるかエシュタットから、本当に噂の御仁がやってきた。彼の地では、偽者を神の奇跡によって打ち倒したとか？」

「神の御加護があったことは確かです」

どんな伝わり方をしているかわからないので、それくらいにとどめておく。

「世に突如現れし神罰の担い手にしては、謙虚なことだ」

「……」

本当に一体どんな伝わり方をしているのだろうか。

きっとミューリの好きそうな吟遊詩人たちが、好き勝手に歌にしているのだろう。

ただ、侯の話しぶりから、世の中に広まるその手の噂があてにならないということは、よく知っているという感じだ。

「そなたはどこまで事情を知っているのだ？」

気がつくと、中庭の中心部あたりまできていた。

普段は馬場も兼ねているのだろうそこは、遮るもののない開けた場所だ。

侯の護衛の兵たちが四人ほど、声の届かない離れたところに立って、こちらを見ている。

「侯の支援なされていた天文学者様が、行方知れずになったと」

攫われた、とは言わなかった。

そのことに侯はわずかな苛立ちを見せ、ため息として吐き出した。

「攫われたのだ。糸を引いているのは、教会であろう」

町で聞いたのと同じことを、侯は言った。

話を聞き集めた限り、教会は最有力の犯人候補ではない。

もっとも怪しいのは、鉄鉱山の権益を支配しているという、デュラン家の分家だ。

「侯には、その確証が？」

無礼を承知で尋ねると、鋭い目をこちらに向けてくる。

しかしその苛立ちは、礼を失した若造に対するものではなかった。

「当然だ。当地の教会が、たびたび外部の人間を招き入れていたことはわかっている。連中がどのように嗅ぎつけたかはわからないが、学者の価値に気がついたのだ」

カナンの報告からしても、異端審問に繫がるような動きがあったとは思えない。

ただ、外部の人間が塔を探っていたというのは、ある程度確信のあることのようだ。

「薄明の枢機卿よ」

その侯が、不意にこちらを振り向いた。

「天文学者の喪失は、余にとって痛恨の一事である。街にて聞き集めればすぐにわかることだがな、余の権威は風前の灯火なのだ」

その青い目が、こちらを見据えている。

初対面の若造に自らの権威のなさを告白するなど、王に匹敵する権力を持つ選帝侯として、普通のことではない。

デュラン選帝侯は、本当に崖っぷちなのだ。

「父や、祖父、中興の祖である傭兵王に至るまで、デュラン家はこの大ウーバンとその民を守ることによって、その名を確かなものとしてきた。だが、余はこの足のせいで、その責務を果たすことができん。その余が、権威を取り戻す最後の秘策。それが、件の天文学者が手がけていた研究なのだ」

突き固められた土が崩れるくらい、侯は杖を強く地面に打ちつける。

そこにはあらゆる苦悩と、怒りがあった。

だが、侯の話が見えない。

侯は、天文学者が手がけていた研究によって、権威を取り戻すと言った。

しかし、そんなことがありえるのだろうか？

イレニアの話では、天文学者は月を狩る熊の話を追いかけていたという。

それと玉座の話とが、まったく繋がらない。

それとも侯は、なにか悪魔崇拝に似たものに憑りつかれていたのだろうか。

月を狩る熊を崇めるような、それこそ、教会の異端審問官の目を引くようななにかを。

「そしてこれは、余の問題だけではない。教会と戦うそなたにも関係する。それゆえに、あの羊毛仲買人の娘の提案を受け入れたのだ」

「……私、ですか？」

虚をつかれ、つい、素の口調が出てしまった。

けれど侯はそのことにも気がつかないほどに、杖の柄頭を握りしめている。

町で聞き集めた話では、学者が行方知れずだと知れると、侯は慌てに慌て、手当たり次第に怪しいと思った人間を牢に放り込んだらしい。

そしてヴァダンの話では、そんな乱暴なことをしながらも、なぜか捕らえた者たちには迂遠な質問しか向けず、煮えきらない態度だったという。

侯はなにかを隠している。

公にできない、なにかをだ。

「デュラン様、あなたは一体……」

天文学者に、なにを研究させていたのか。

そして、天文学者はなにを見つけたのか。

傭兵王の血を受け継ぐ侯は、言った。

「あの天文学者はな、月を狩る熊とかいうおとぎ話を探していたという。だが、余はすぐにわかった」

声を潜めた侯が、顔を太陽から背けるように、声を潜めて言った。

「あやつは、蝕を研究していたのだ」

自分が言葉を飲んだのは、うつむき加減の侯の目が、ずいぶん落ち窪んでいると気がついたからではない。

その口から出てきた単語の、あまりの意外さゆえにだった。

「蝕……蝕、と申されましたか？」

日蝕。あるいは月蝕。教会の記録にも多々残る、突如空から星が消える奇跡の天体現象だ。

その瞬間、雷のように、月を狩る熊の話と繋がった。

この土地に残る伝説はなんだった？

月を狩る熊が狩った、その星が落ちたという伝説。

月を狩る熊と、空から星が消える蝕。

言葉を失っていると、侯が左手を頭上に掲げた。

その手に持つ杖が、空の太陽を示している。

「そしておそらく、あの天文学者は神の摂理を解いたのだ。あの太陽が、突如として消え失せる日時を予言するところを想像せよ。権威を手に入れることなど、思うがままだ」

言葉を返せずにいると、侯は杖の先端を、こちらに突きつけた。

その、怒りに満ちた鋭い視線と共に。

「教会がこの日付けを手に入れてみろ。そなたに傷つけられた権威を取り戻すのに、これ以上相応しい機会はあるまい。神の摂理を賜る信仰の守り手として、空から太陽が隠されるその瞬間を予言するのだからな。人々は畏れ、敬い、ひれ伏すだろう」

侯の杖が、地面に突き立てられる。

「薄明の枢機卿よ。そなたと余は、同じ船に乗る身とは思わないか？」

選帝侯は、風前の灯火の権威を復活させるため、蝕の予言という奇跡に賭けた。

そのために天文学者を抱え、莫大な費用を賄った。

そして、天文学者はみごと太陽を狩る預言者となりえた。

ゆえに学者は、攫われた？

「天文学者をなんとしてでも取り戻さねばならん。もしもその頭蓋よりすでに日付けが取り出されているのならば、その日付けを我らも手に入れなければならん。そうしなければ……」

侯は、震えるほどに力んだ右手で、こちらの肩を摑む。

「我らは日陰の身となり果てるのだ。永遠にな」

侯は権威を取り戻す機会を失い、おそらく薄明の枢機卿は——。

「空から太陽が消えるのだ。それを不吉な予兆とするのは造作もない。教会が慌てふためく民衆に向け、薄明の枢機卿を名乗る神の敵が世を乱すゆえ、神は太陽を隠されたのだと言ってみよ。誰しもが、間違いなく、信じるだろう」

天体を御する者は、神の力を手に入れたのと変わらない。

月を狩る熊は、その力で古の世界の破壊者となった。

であればこそ、薄明の枢機卿が神に背いたせいで星が翳ったのだと示せれば、その名を地に落とすことなど難しくない。

侯の杖の先端が再び持ち上がり、念を押すように、軽くこちらの胸をつく。

土埃が、深淵のような黒い僧服に跡を残す。

それは呪いのように、こちらの心の臓にまで届いた。

「薄明の枢機卿。そなたの働きに期待しているぞ」

沈みゆく選帝侯は、こちらの足首をがっちり摑んでいる。

だが、その手を振り払ったとて、太陽の昇らぬ空に薄明の枢機卿の居場所はないのだった。

蝶を捕まえようとする猫のように、ミューリが空に向けて手を伸ばす。

雲を摑むような話、と最初に言った人は喜ぶだろう。

「太陽が、消えちゃうってこと？」

空の太陽を握ろうとしていたミューリに、カナンが真面目な顔で答える。

「太陽だけでなく、月が消えることもあります。歴史上ではまま観測されている現象で、記録がたくさん残っています」

教皇庁の書庫には、古今東西の書物が収められている。

ただ、カナンも蝕については本で読んだことしかないらしく、半信半疑な様子だ。

人ならざるイレニアなら、長い経験の中で見たことがあるかもしれない。

そう思ったのだが、イレニアはミューリより少しお姉さんだと自称していたので、聞くのはちょっと憚られた。

「でもさ、やっぱり占い師さんだったじゃない」

空から視線を戻したミューリが、こちらを責めるように言う。

「蝕の予言は、占いとは違い……いえ、どうなのでしょう、カナンさん」

自分も自信がなくなってカナンに尋ねると、カナンは身を縮めていた。

「私も厳密な定義はわかりませんが、偉大なる古代の教父アントーニ師は、星占いについてこう述べています。双子は同じ星回りゆえ、同じ運命に左右されるはずだが、古来よりそのような事例は確かめられていない。よって星占いは神に背く邪法であるか、単に嘘であるかのいずれかである……と。ただ、蝕の予想について批判された文章は、見たことがありません」

やはり星占いと天文学は異なると思うのだが、ミューリと一緒に空を見上げていたイレニアが口を開く。

「太陽は東から昇って西に沈むことを予測できますし、季節によってどの星が夜中に中天に達するかを予測することも可能でしょう？　焼いた鹿の骨のひびの入り方で蝕の日付けを予測するのであれば、それは占いに属すると思いますが、星の運航を調べ、計算した結果であるならば、占いとは違うと思います」

イレニアの口調は理路整然とし、どこか有無を言わせない迫力がある。

ミューリとは違うイレニアの雰囲気に、カナンはすっかり魅了されているらしい。

イレニアが話の最後に微笑みかけると、頰を赤くしてこくこくとうなずいていた。

「ただ、本当に鹿の骨を焼いていなかったかは、確かめる必要があるかと思いますが」

ヴァダンたちはすでに天文学者の居室を調べていたが、彼らには信仰関連の知識がない。硫黄とトカゲの黒焼きの欠片が残っていればさすがにわかるかもしれないが、異端の書物が本棚に残っていたとしても、それとわからないだろう。

なのでイレニアは、ミューリを梃子にして、薄明の枢機卿を呼び寄せた。

そしてこの周到さから、わかることがひとつある。

「イレニアさん」

「はい？」

「最初から、天文学者が追いかけていたのは蝕の予言だとわかってましたね？」

自分の問いに、イレニアはエーブの一味らしい笑みを見せる。

「よくて半々ですよ。ディアナさんはその可能性を示唆していましたが」

人の好さそうな笑顔でそう言うが、おそらく確信していたはず。

天文学者が追いかけていたのが蝕の予言であるならば、侯が助力を頼める相手というのは、ひどく限られてくる。

なにせ蝕の予言ができるなら、どこの権力者だって予言者になりたがる。協力を要請しても、抜け駆けを防ぐのはかなり難しいことのはず。

おまけに侯は落ち目の権力者で、足も不自由なために自ら領地の外に赴けない。誰と手を組んだとしても、手柄を横取りされるのが目に見えていた。

しかしその中で唯一、侯と協力関係になれる者が存在する。

それが、教会の権威と戦っている薄明の枢機卿だ。

薄明の枢機卿は他の権力者と違い、教会に蝕の予言をされると困る立場にある。

それに俗世の権力者として、対立する立場にない。

だから侯は、薄明の枢機卿とならば共闘できる、とイレニアは考えたはず。

「でもさ、協力しろって言うわりに、人質を出せとも言ったんでしょ?」

背伸びして太陽を捕まえることをあきらめたミューリが、不服そうに言った。

侯は薄明の枢機卿との共闘に賭けたが、もちろん無条件にこちらを信頼したわけではない。

予言の日付けを手に入れれば、誰でも預言者になることができてしまう。

そのため、保険をかけようとしていた。

その心情はわかるし、仕方のないことだと思う。

ただ、羊毛仲買人のイレニアでは貫目が足りないから、別の人間を人質に出せということで、ミューリはおかんむりなのだ。

「そこはお任せください。コル様のお役に立てるのでしたら、喜んで牢に入りましょう」

教会の教えには、献身の精神が根付いている。カナンは自身の胸に手を当て、誇らしそうにそう言った。

ミューリはそこになにか言おうとして、自分の感情を言葉にできなかったらしい。牙がかゆいかのように口をもごもごさせ、胸の前で腕を組んでいた。

多分、カナンが損な役回りを引き受けてくれることに対する感謝と、薄明の枢機卿に対する自己犠牲で誇らしげにしていることに対する、嫉妬に似た感情のせいだろう。

ミューリの大好きな英雄物語では、この手の展開は必ず盛り上がる場所に用意されているからだ。

「牢の居心地の良さは、私が保証いたしますとも」

実際に牢に入っていたイレニアの言葉は確かに安心材料だし、ヴァダンの仲間である鼠たちも見守ってくれるから、危険が迫っても切り抜けられるはず。

ただ、やっぱりちょっと申し訳なくも思う。

「ですが……カナンさん、本当に？」

「ええ、もちろんです。件の天文学者様の捜索は、皆さまにお任せいたします。誰かが牢に入らなくてはならないのでしたら、元々牢屋みたいな書庫で暮らしていた私に相応しいといえましょう」

カナンはそう言って、笑っていた。

その気遣いを無駄にしてはなるまい。

「それでは、すみません。しばらくの間、お願いいたします」

ニョッヒラにいた頃の自分ならば、カナンの身の危険を考え、うだうだとしていたかもしれない。けれど腹をくくり、カナンの手を、両手で強く握った。

自分は、一人では戦いきれない問題と戦う決意をしたのだから、こういう時にこそ仲間を頼るべき。

そのカナンはこちらの手を握り返しながら、ふと、くすぐったそうに笑い出す。

「この先、コル様の聖人伝が書かれることでしょうからね。これで私の名は、盛り上がりの見せ場で輝くことでしょう」

それはこちらの気を楽にするための方便、ということもあろうが、少なからぬ本気を感じた。

カナンは生真面目そうな見た目に反し、教会と戦うために遠路はるばるウィンフィール王国まで旅に出るような向こう見ずなところがある。ミューリと仲がいいのも、夢想家なところがあるからだ。

「兄様！　カナン君が危険な目にあわないように、すぐに占い師さんを見つけようね！」

美味しい役を取られて悔しがるミューリの白々しい言葉に、イレニアが微笑んでいた。

緊張感に欠けると呆れつつ、このくらいがちょうどいいのかもしれないとも思う。

「はい。全力を尽くして、天文学者様を捜しましょう」

自分の言葉に、その場の全員の視線が集まる。

頼もしい仲間たちだというのは、少なくとも確かなことだった。

侯とは握手を交わしただけ。

それは信頼の証というより、象徴的なものにすぎない。

そもそも薄明の枢機卿などという若造そのものが、ウィンフィール王国からの証書や、エシュタット大司教からの親書があるとはいえ、得体のしれない存在に違いないのだから。

しかし侯は、それに賭けた。他に頼る者がおらず、進退窮まっているにしても、その思いきりの良さは普通ではない。元来豪胆なところがある人物なのだろうと感じた。

幼い頃から病気がちで、それを克服しようと躍起になって馬に乗った少年時代、落馬したせいで足を悪くしてしまったらしい。

もしもその不運がなければ、ミューリが期待していた以上の傭兵王として、ウーバンの地に名を轟かせていたのではあるまいか。

しかし神は公平に微笑まず、時に残酷なことをする。

それでも人々はあがき続けるほかなく、自分はせめてそこに、正義があってほしいと思う。

「これで本気を出せるね」

ミューリがそう言ったのは、カナンとその護衛が牢に入るのを見届けた後のこと。

その即物的な物言いに、さすがに顔が曇る。

カナンたちが牢に入れば、確かに人の目を気にせず人ならざる者の力を振るうことができる。

しかし決して、そのためにカナンを厄介払いしたわけではないのだから。

「あのですね、カナンさんの献身に感謝しなければいけませんよ」

「じゃあ、私が牢に入ってもよかったんだけど？　物語の最後で、兄様に助け出されるお姫様の役になれるなら、そっちも悪くないもの！」

そういう場面は、殊勝な心持ちの姫が相手だからこそだと思うし、絶対このお転婆娘は、二日目くらいで幽閉に我慢できなくなるはず。

大体、すでに気持ちのほうは冒険模様で、清楚な女の子の振りを忘れてローブの裾を蹴り上げるように歩いているのだ。

なにから叱ればいいのかと頭が痛くなるが、ひとつだけ確かなことがある。

「あなたは騎士でしょう。これからあなたが、囚われの天文学者様を助け出すんですよ」

「……」

ミューリは少し視線をそらして考え、首をすくめる。

「ま、それも悪くないかな」

イレニアがくすくす笑い、自分は事の重大さを理解しているか怪しい妹に頭痛を覚える。

賑やかな様子を見て呆れていたのか、ヴァダンが言った。

「楽しそうなところ悪いがね、あれが天文学者のいた塔だ」

カナンが牢に入るのを見届けた後、自分たちは早速、天文学者が星の観測に使っていたという塔を調べに向かっていた。

侯の住まう敷地には様々な公的な施設が併設されているが、この塔はかつて物見やぐらとして使われていたものらしい。

敷地の広い庭を横切ると、その全貌が見えてきた。

「ここから誰の目にもつかず、連れ出されたの？」

塔は他の建物とは独立していて、出入り口は周囲からよく見える。

近くの城壁の上には見張りの兵の視線もあるので、ここから人を攫い出すのは一工夫がいるかもしれない。

「ヴァダンさんたちが一度、すでに調べてるんだよね？」

「ざっとだがな。中が血の海じゃない、ということくらいしかわからなかった」

ミューリは悪そうに笑っていたが、自分は想像して身震いする。

「ま、ここは私に任せてよ」

ミューリはそう言って、侯から預かった鍵と合わせ、胸元から麦の詰まった袋を引っ張り出したのだった。

賢狼と呼ばれた狼は確かに規格外だが、狼姿のミューリも十分に大きい。

特に建物の中にいるとそれが顕著に感じられ、のっしのっしという表現に相応しく、力強くらせん状の階段を上っていく。

『同じ匂いばかり残ってる。鉄と油の匂いがするから、出入りの職人さんたちだね。それに……ライ麦パンとたまねぎの匂いがすごい。よっぽど好きなのかな』

「寝食を惜しんで研究していたのでしょう」

ミューリは、美味しいものを食べる以上に楽しいことなどなかろうに、とでも言わんばかりに、大きな尻尾をわざとらしく左右に振っていた。

『血の匂いはしないね。それに、争ったような匂いもない』

ミューリ曰く、人の強い感情は匂いとなって現れるらしい。

「では、学者様は無理に連れ出されたのではないと？」

『どうだろう。ディアナお姉さんのところで読んだ、人を眠らせる花のお話があったよ』

「……」

もしも誘拐計画の元締めが教会だとしたら、錬金術師の力を借りるだろうか。

いや、単純に荒事を専門にする者たちに依頼した可能性もあるか。

そう考えていたら、後ろのイレニアが言った。

「秘薬の類が用いられたのなら、いずれにせよ居室に痕跡が残っているでしょう」

「確かにそうですね。ミューリ」

『なに？』

「いい匂いだからって、嗅ぎすぎないでくださいよ。その姿だといつもみたいにベッドに運んであげられませんから」

今のミューリの体重は、おそらく自分の倍はある。

狼姿のミューリは脚を止めると、大きな尻尾でこちらの顔をはたいてきた。

「学者自身が俺たちの仲間ってことはなさそうか？」

足元に何匹も仲間を引き連れているヴァダンの問いに、ミューリは大きな三角の耳を動かしながら言う。

『うん。ここにはそういう匂いはないかな。山羊さんの血の匂いもしないよ』

悪魔崇拝の儀式も行われていなかったということだ。

「では……」

そうなると可能性は絞られる。

ただ、まだ結論を出すには早いと思ったし、階段が結構きつくて、息が上がって考えもまとまらない。

ミューリに笑われそうになる頃、ようやく塔の先端にたどり着いた。

「ここが倉庫兼居室。この上が観測のための部屋になってる」

ヴァダンが木窓を押し開けると、部屋の様子、あるいは惨状が日光の下に晒される。

「寝具の類は一人分ですね。助手は使わなかったのでしょうか」

ごちゃごちゃと物が多い様子に親近感を覚えるし、ベッドは安宿か、塔で見張りをする兵士の仮眠場所といわれても信じそうなくらい、乱れて汚い。

ミューリは鼻を鳴らして匂いを嗅いで、ばふっと大きなくしゃみをしていた。

『部屋にあるのと同じ匂い。新しい本を借りた時の兄様みたいな匂いがする』

そう言いながら、ミューリがこちらの腕の下に鼻先を押し込むようにして匂いを嗅いでくる。

「コルさんに負けず劣らず、夢中で研究されていたようですね」

部屋の隅を見ながらイレニアが言うので、甘えてくるミューリをいなしながら覗き込むと、ヴァダンの仲間の鼠たちが積み上げられた玉ねぎの皮の山の中を楽しそうに駆け回っていた。

「確かに、玉ねぎをかじって眠気をこらえながら聖典を読んでいた頃のことが思い出されます」

『それって最近の話じゃない』

ミューリに背中を鼻先で突かれ、たたらを踏む。

「本棚はどうだ？　俺たちじゃ、中身がよくわからん」

紙の質が悪いのか、それとも読み込みすぎてそうなっているのか、ぱんぱんに膨らんだ本が留め金でようやく閉じられていたり、閉じるのをあきらめてそういうふうに咲き誇る花みたいに棚に置かれていたりする。

何冊か手に取って眺めてみると、どれも天体に関するもので、神学者や古代の哲学者が記した思想的なものもあった。

「ほとんどが有名なものですね。私でも知っている聖職者の名前がありますし。こちらは？」

装丁が施されておらず、羊皮紙が束ねられているだけの冊子がある。

そちらは砂漠の言語で書かれていて、自分には読めない。

「宇宙について。天の息吹と祝福。月の女神と潮の満ち引き」

ヴァダンが述べたのは、それぞれの表題だろう。

さすが船乗りというべきか、砂漠の言語を少しだけ読めるらしい。

「このあたりが異端的かどうかは、ル・ロワさんか、カナンさんに聞くしかないですね。見たところ、そういう感じではなさそうですが」

「一応書き留めておきましょうか」

イレニアが言って、今しがたまでそこで作業が行われていたかのような机から、ぼろぼろの羽ペンと、乾いたインクでごてごてになったインク壺を手に取った。

「ミューリ、どこかに秘密の戸棚があったりしませんか？」

腰を下ろして後ろ脚で首を掻いていたミューリは、耳をぴんと立てて立ち上がる。すんすん床の匂いを嗅ぎ出すと、その後ろを鼠たちがちょろちょろ追いかけていて、やけに牧歌的な光景だった。

『うーん……なさそうだけど』

「では、上も見にいきましょう」

ヴァダンがうなずき、先導して階段を上っていく。

「これは……」

上の階の床から顔を覗かせ、思わず声を漏らした。

「水車小屋を全部鉄で作ったら、こうなるかって感じだよな」

その喩えに感心しつつ、階段を上りきる。

そこには身の丈を越える巨大な半円盤が据えられ、巨人の用いる弓と矢のような部品が、その円盤に取りつけられていた。さらにその周囲を、透かし彫りの球体のような複雑そうな機構が取り囲んでいる。

「使い方はよくわからんが、おそらくこの巨大な針で星の位置を示して、円盤に刻まれた数字を読み取っていくんだろう。海上で星の位置を調べる時にも似たような器具を使う。大きさは全然違うがな」

「これは、お金がかかりますね」

下で書物の表題を書き留めていたイレニアも上がってきて、そう言った。

『うわ、すごい鉄と油の匂い』

イレニアの後ろから鼻先を出したミューリは、また大きなくしゃみをしていた。

装置が巨大すぎて、人のいられる場所があまりなく、イレニアはすぐにミューリと一緒に階下に戻っていた。

ヴァダンがあちこちの木窓を開けると少し開放感が生まれたが、それでも狭苦しい。

それに狭苦しさの原因は、装置以外にもある。

「これは天体図か」

ヴァダンが感心したように呟いた。

壁一面には細密絵師が描いたような天体の絵が、びっしりと貼られていた。

月や太陽といったものから、明け方や日暮れ時に見える星や、月に寄り添うように輝く星など、詳しくない自分でも知っているものが描かれている一方で、まったく知らない星の動きが描かれているものもある。このすべての動きを追いかけているのだとしたら、それはいったいどれほどの執念なのだろうか。

そもそも季節によって空に見える星が変わるとはいえ、それはある日気がついたら変わっているという類のもので、毎日見ていてもまず変化はわからない。

けれどそのじりじりとした動きを、飽きずに、めげずに、丹念に追いかけ続けるのが、天文学者なのだ。

神学者たちとはまた違うかたちで神の摂理を追いかけるその姿勢に、思わず背筋が伸びる。

そして彼らの偉業の片鱗に感じ入っていたところ、気になることがあった。

「天文学者様は、観測結果をどうしていたのでしょうか」

「ん？」

装置の置かれたこの部屋を見回しても、巨大な機構を修理や調整するための器具やらはあるが、肝心の「それ」がない。

星の動きを毎夜観測しているのなら、記録を書き留めたものがあるはずではないか。

それとも、下の部屋にまとめてあるのか、と階段を振り向いたところ、階下からミューリの声がした。

『兄様』

ヴァダンと顔を見合わせ、階段を下りると、ミューリとイレニアがいたのは本が乱雑に置かれた棚の前だ。

「コルさん」

イレニアが棚を指さし、ミューリが鼻先を近づけたり離したりして、匂いを嗅いでいる。

「どうしました？」

ミューリが首をひねってこちらを振り向く。

『これ、わざとこういうふうに並べられてるみたい』

「え？」

「よく見ると、埃の積もり方が変なんです」

イレニアは何冊か本を持ち上げ、窓から入る日光で積もった埃を照らすように、見る角度を変えている。自分も本が好きだし、旅の途中で何度も大きな書庫に立ち寄ったからわかるが、すべての本を読むには、この世に本は多すぎる。

だから本棚に埃が積もるのは、もはや冬に雪が積もるくらい当たり前のこと。けれど、持ち上げた本の下に埃が積もっているというのは、不自然に本を動かしたという証拠だった。

「おそらく、並べ直せば……」

イレニアはそう言って、てきぱきと散らばった本を並べていく。作業台に残されていたものなども並べると、一目瞭然だった。

「何冊か足りない？」

どの本も大きな判型なので、数冊足りないだけでかなり目立つ。

「だと思います」

自分はこの部屋の主の精神性にはとても親近感を覚える。であれば、これだけ物の多い部屋の主が棚を本でいっぱいにしないはずがない。

「となると……」

呟けば、イレニアも疲れたようにため息をつく。

「学者様は、自ら出ていったのではないでしょうか」

腰を下ろしたミューリが、前脚を揃えて大きなあくびをしていた。

争った形跡はなく、出入りしている人は限られ、書籍には抜き取ったのがばれないように細工が施されていた。おそらくはどうしても必要な本を、持てるだけ持っていったのではいか。

たとえば、星の運行を記した記録などを。

「学者様が口を割らないので、侵入者が自分たちで日付けを割り出そうとした、とも考えられますが、それだと争った形跡がないことと整合性が取れません。だとすると、天文学者様には引き続き研究してもらうつもりだった、という感じでしょうか」

イレニアの推測に、自分はため息で答える。

「デュラン選帝侯の地位が不安定だと気がついた天文学者様は、鞍替えをしたということでしようか。しかし……」

自分の視線が天井に向けられると、イレニアは意を察したらしい。

「ええ。上の階の装置を見れば明らかですけど、星を観測するための設備にはものすごくお金がかかります。塔の上にわざわざ観測機器が据えてあるのも、星を見る際に街の明かりで邪魔されないように、ということだそうです。設備ひとつとっても、新しい支援者を見つけるのは容易ではありません。侯を裏切るのであれば、よほどの好条件を示された、ということになります」

錬金術師たちなら、その怪しげな成果を買いたがる貴族がいたり、時には医者の真似事をしたり、商会から頼まれて鉱石類の鑑定をしたりと、研究資金を稼ぐ道はちょくちょくあるらしい。

けれど、天文学者は違う。その成果が出るのは気の遠くなるような観測の果てで、聞くところでは生きているうちになんらかの成果が出ることさえ稀だという。

農業や船の航行で重宝されるとはいっても、莫大な費用をかけて学者を囲い込むほどの対価が見込めるとは思えない。

だから彼らを支援するのは、デュラン選帝侯のように一か八かの賭けに出るような者か、よほど裕福で酔狂な貴族だけ。

さもなくば。

「それで選帝侯は、当初から教会が怪しいと踏んでいたのかもしれませんね」

これだけの設備と資金を用意できる者は限られる。仮に選帝侯の地位を狙う分家の者が天文学者の支援をしようとすれば、一目瞭然でばれてしまう。

けれど、ある日天文学者が増えても不審がられない組織が、この世にはひとつだけある。

それが教会であり、エシュタットの大聖堂の壮麗さを思い出せばいいが、教会には背の高い尖塔がつきものなのだから、木を隠すには森の中。いや、天文学者を隠すには、林立する尖塔の中だ。

「どうしますか？」

イレニアに尋ねられ、ヴァダンとミューリも視線をこちらに向けてくる。

もしも天文学者が無理やり連れ去られていたのなら、まだ捜しようがあった。

誘拐のような力づくの手段をとる場合、少人数で静かに計画を遂行するのはかなり難しい。

特にここは山に囲まれ、外への道が限られる土地だから、よそ者はひどく目立つ。地元の人間の協力がなければ荒事は成し遂げられない。

けれど学者が自らの意志で出ていったのならば、話が変わってくる。

証拠を消すための余裕ができるし、そもそも残さないような計画を立てられる。関わる人数だって必要最低限で済み、この塔やウーバンからの脱出についても、よもやそんなところに、という場所に隠れて静かに運び出してもらうことだってできるだろう。

おまけに本当に教会が手引きしているのなら、連れていく先の候補にも困らない。

ふっつりと、その糸は途切れてしまう。

ミューリは太い前脚で床を踏みしめているし、イレニアは顎に手を当ててうつむいている。

ただ、自分は焦らなかった。

この部屋に、ものすごく親近感を覚えるからだ。

なにかに夢中になったら寝食を忘れる者たち特有の空気がある。

それに、イレニアとミューリが気がついた、本棚のこと。

埃にまで気が回らなかった詰めの甘さには、ある種の苦みと共に、共感を覚える。

これから行方をくらますというのに、本を持ち出すのを我慢できなかったその気持ち。

だから、ここから逃げ出そうと荷物をまとめる天文学者になったつもりで、この観測のための部屋を見渡せば、その表情まで目に浮かぶような気がした。

だとすれば、手掛かりはまだ残されている。

自分が視線を向けたのは、イレニアが本棚に並ぶ本の表題を書き留めていた、その紙きれだ。

「手掛かりはまだあります。ヴァダンさん」

「ん？」

「イレニアさんの書き留めてくれたものを、カナンさんに届けてください。それで、その中で学者さんが特に欲しがりそうな本の表題を聞いてください」

「ん……構わんが……」

「それで、ミューリ」

『うん？』

鼠たちとじゃれていたミューリが、顔を上げる。

「シャロンさんの仲間の鳥が街に到着しているかどうか確認してください。それで……もし到着していたら、疲れているところ申し訳ないのですが、またひとっとびお願いしたいのです」

ハイランドからの手紙と合わせ、シャロンからは仲間の鳥を酷使しすぎだと苦情がきていた。

けれど、今こそその真価を発揮してもらう時だ。

『いいけど、どこに飛んでもらうの？』

自分は、エシュタットから出立する際の打ち合わせを思い出す。

そこにいた、異常な本好きの書籍商だ。

「ル・ロワさんのところです」

無理矢理誘拐されていたのなら、きっと居室にその痕跡が残っている。

けれど自らの意志でこっそり逃げ出したのなら、その証拠を消すことができる。

ではこれでお手上げかというと、そうでもない。

なぜなら、自らの意志で出ていったからこそ残る痕跡が、あるはずだから。

あの部屋の様子から、その主にはすごく親近感を覚えた。だとすれば、その行動もまた、自分の予想からそう大きくは外れないはず。

「兄様」

塔の上での捜索から三日後の、昼過ぎのこと。

塔に残されていた天体の本を選帝侯の許可を得て持ち出し、宿の部屋で読んでいたところ、ミューリに声をかけられた。

「届いたよ」

窓縁には、羽がばさついて胡乱な目つきをした鳩が一羽と、手紙を手にしたミューリがいた。

鳩独特の無感情な目から、なおも冷たく静かな怒りを感じた。

山岳地帯の空は、猛禽類が跋扈する危ないところだからと、お守りとしてミューリがその尻尾の毛を鳩の脚に括りつけてやっていたらしいが、それでも過酷な旅だったのだろう。

申し訳ないと思いつつ、手紙を開く。

「ル・ロワのおじさんはなんて？」

カナンの知識と、ル・ロワの書籍商としての伝手。それからミューリによく馬鹿にされるように、本を読むような人間はそうそういないことを掛け合わせれば、この広い世界から、その足跡を見つけることができるのだ。

「大当たりです」

ミューリが耳をぴんと立て、疑うように手紙に顔を近づけていた。

「旅の準備をしてください。イレニアさんを呼んで、選帝侯にも出立の許可を取りにいきましょう」

「……」

ミューリは手紙をひったくり、そこに書かれた文字をじっと見つめている。

そこには、アーベルク、とだけ書かれていた。

ル・ロワはエシュタットを旅立った後、ウーバンに向かう最短の道を通らず、海路で少し遠回りをしていた。それは山道を踏破できる自信がなかったということもあるが、もうひとつ理由があった。

地図を見れば明らかだが、ウーバンから流れ出た川は、河口の港街であるアーベルクに流れ込んでいる。

エーブが大陸側の商人たちに聞いてくれた話によれば、山奥のウーバンはその河口の街に交易の大部分を頼っているとのことだった。主な産品が木材や鉄製品という重くてかさばるものであるウーバンは、陸路ではなく水路に頼らざるをえない。

それゆえにル・ロワは、アーベルク経由の道を選んだのだ。

ウーバンの山奥にいる天文学者が、書籍のような希少な商品を手に入れようと思えば、必ず海港を経由するはずだからと。

つまり、アーベルクで特殊な書籍が売れているとすれば、それを購入しているのは間違いなく天文学者だろうし、その本の種類によって、塔の上にいるのが占星術師なのか天文学者なのかがわかる、という寸法だった。

そしてそのことは、もう少し応用ができるのだ。

たとえば件の天文学者が、無理やりではなく知識を乞われて恭しくウーバンから連れ出されたのならば、賑やかな都市にたどり着いたところで、ある要求をする可能性がかなり高いはずだと。

「アーベルクの街で、天文学者様が失踪した以降も本が売れていたようです」

ミューリが怪訝そうにこちらを見る。

「学者様が賑やかな港町に滞在していたら、間違いなく本を購入したいと希望するでしょうからね。それに、あの塔の部屋からお気に入りの本をすべて持ち出せたとは思えませんから」

驚きに目を丸くするミューリに、自分はこう言った。

「あなたが家出をしたら、私は大きな街の肉屋さんか薬種商を調べるでしょう」

蜂蜜や砂糖は、薬種商が取り扱う貴重な甘味料だ。小うるさい兄の手綱がなくなった家出中の子狼は、間違いなくそこに立ち寄るはず。

ミューリは頬を膨らませて、手にしていた手紙をこちらの胸に押し当てる。

「さっさと旅の準備をしてよね！」

ミューリはそう言ってから、気をつけないと……とかなんとか呟いていたが、自分は聞かなかったことにしたのだった。

デュラン選帝侯の下に向かい、アーベルクでの書籍売買の動向から天文学者の動きを推察したことを説明すると、唸って黙り込んでいた。

ただ、それは自身で気がつけなかったからというより、自らの賭けが正しかった喜びを、どうにか隠そうとしているからのようにも見えた。

捜索のために一度ウーバンを離れたいという要求にも、素直に応じてくれた。

「路銀と、これも渡しておこう。なにかの足しにはなるはずだ」

選帝侯は銀貨の詰まった袋と、通行の自由をデュラン家が保証する特権証書を渡してきた。

ウーバンから流れる川には、デュラン選帝侯の権威の低下に反比例するかのように、各地の領主たちが関所を構え、横暴な振る舞いをしているらしい。なにか揉めごとに遭遇したら、この証書を出せばいい、とのことだ。

ありがたい配慮ではあったが、こんなものが必要になると推測される時点で、侯の立場の弱さがうかがえた。

それに特権に与れない普通の商人たちは、関所を通るたびに税を取られ、商いに支障をきたし、それだけウーバンの物価は上がり、町の人々は生活が苦しくなる。

それらの怒りはすべて、川にはびこる泥棒貴族たちを一掃できないデュラン選帝侯へと向けられる。

するとますますその権威は下がり、よその領主たちは居丈高になり……。

そういう悪循環に、侯は捕らわれているのだ。

「ちょっとかわいそうだね」

再び旅支度に身を包み、街の水路から船に乗り込んだ際、ミューリがそう言った。

「仮に当人が優秀でも、陸の連中は土地の事情ってやつに縛られるからな。海のほうが気楽で自由だよ。山なんて特にろくなもんじゃねぇ」

街中では猫や犬に追われ、人に忌み嫌われる鼠たちも、船舶という城と共に海原を航海すれば、自由な空気を体いっぱいに謳歌できる。

山の中での生活にうんざりしている様子のヴァダンは、早くも古巣の海に向かうのが待ちきれない、といった感じだ。

「船だって似たようなものじゃない。風に吹かれ、岩礁に追いやられ、大きな波がきたらひっくり返るのに。砂に乗り上げてにっちもさっちもいかなくなってたこと、忘れたの？」

ミューリはデュラン選帝侯をかばったというより、山生まれとして反撃したのだろう。

ヴァダンはむっと口をつぐむが、ミューリと仲良くなった鼠たちのほうはというと、ミューリの膝の上で頭領がやり込められる姿を面白がっていた。

「それで兄様、アーベルクって街まで、どのくらい？」

「途中いくらか川の事情が悪いらしくて、船から下りて歩くことになるそうですが……それも含めて、およそ三日程度と聞いています」

「結構近いんだね。もっと冒険したいんだけどなあ」

なんの気なしに言ったミューリに、アーベルクからその川をたどってウーバンまでやってきたヴァダンとイレニアが、含みのある笑顔を見せていた。

きょとんとするミューリだが、出発してほどなく、その理由がわかることとなった。

「つくしっ！」

街道が川を横切る場所では、渡し船が出ていたり、足止めされる旅人目当ての旅籠ができたりと、ちょっとした宿場町になっていることがある。

その旅籠で火にあたりながら、自分は大きなくしゃみをした。

エシュタットを出て以来、しょっちゅうくしゃみをしている気がする。

「明日からはもう、ああいう感じの川は終わりなの？」

服を乾かすために半裸になったミューリは、尻尾の毛もぼさぼさだが実にいい笑顔をしていた。激流を川で下り、全員ずぶ濡れになって、ミューリなどは船の上で振り落とされそうになりながらも、けたけた笑って「これが濡れ鼠だね！」と覚えたての慣用句を使っては、ヴァダンや鼠たちからの抗議を受けていた。

こちらはそれどころではなく、まさに生きた心地がしなかった。雪解け水は凍えるほど冷たく、落ちれば容易に命を失いかねない。安全よりも速さを選び、船で行けるだけ行ってくれという頼みに、船頭たちが不敵な笑みを見せた理由も納得できるというものだ。

侯からの路銀もあったので、旅籠では少し奮発し、大きな暖炉付きの部屋を借りた。火も大きくなる頃、外で髪の毛を絞っていたイレニアが部屋に入ってくる。

何事にも動じない羊の娘でさえ、さすがにうんざりという顔をしていた。

「くる時は歩きでしたから、なんとなく川下りは大変そうだなという程度の印象だったのですが、まさかあれほどとは……」

「でも楽しかったね！」

ミューリから屈託のない笑顔を向けられ、イレニアは疲れたように微笑み返していた。

「まあ、嵐の海のほうがよっぽど大変だな。水は……ちっとばかし冷たかったが」

両手を火にかざしながらのヴァダンの強がりに、ミューリはふふんと鼻を鳴らす。

「私と兄様は、氷が浮かぶような海に飛び込んだことがあるよ。ね？」

「ええ……あれは本当に、ここで死ぬんだと思いました」

正確には、船から落ちた自分を助けに、ミューリが追いかけて飛び込んだ。

ミューリがどれだけわがままを言って、じゃれついてきても、その尻尾を邪険に振り払えない理由があるとしたら、あの時のことが筆頭に挙がるだろう。

「お前ら、結構すごい旅をしてるんだな……」

「えー？　へっちゃらだよ」

ミューリの言葉に、そういう干物みたいに暖炉の前に並べられていた鼠たちも、恐れおののいたような顔をしていた。

「まあとにかく、明日からはだいぶ川も緩くなる。狼娘は、退屈との戦いだな」

「あ～……船はそれがあるから嫌」

徒歩ならちょっと駆けてみたり、木の枝を拾って振り回したり、時には木の実をもいで食べたりもできる。

けれど川の船では狭い場所にじっとしているほかなく、明日は朝から晩まで船の上だという。

「牢に入っても大丈夫と豪語していたのですから、平気でしょう」

激流の川下りでは、大はしゃぎするミューリに肝を凍りつかされた。その仕返しとばかりに軽くつつくと、まだ湿った尻尾で足を叩いてくる。

「お昼寝するからいいよ！」

どこで寝るつもりですか？　と聞きたかったが、聞いたところで答えはわかっている。

翌日は案の定、眠りこけるミューリを抱えたまま、一日中狭い船の上でじっと座っている羽目になった。

特に荷物らしい荷物もなかったので、懸念されていたような関所での難癖もなく、無事にアーベルクに到着した。

まずはアーベルクの港に向かい、船で留守番をしていたヴァダンの仲間たちと合流した。ウーバンから送った手紙を受け取って、ル・ロワを探してくれたのも彼らだ。

詳しい状況をお互いに共有し、ル・ロワが宿泊する宿屋に向かった。

再会を喜ぶ間もなく、今すぐ本を取引している商会に乗り込もうと息巻くミューリに、ル・ロワは軽く笑いながら言った。

「残念ながら、書籍の動向はこの街の商会に聞いたわけではないのです」

気のせいたミューリを落ち着かせ、話を聞いた。

「ここの商会は、本の売買記録が目立つということを理解しています。ですから、扉を叩いて尋ねても、教えてはくれないでしょう。それどころか、売買動向を尋ねた瞬間に、私たちのような追跡者がやってきたことを勘付かせてしまうはずです」

ル・ロワは書籍商を名乗っているが、その雰囲気はちょっと普通の商人とは違う。表沙汰にできない本を取り扱うことも多い性質上、立ち振る舞いは異端審問官とか狩人に近い。

「ですから私は、この街に書籍を売りにきている外部の書籍商を見つけ、問い合わせてみたのです」

商人たちは神の次に、この世の中を掌握している。

彼らの繋がりは、あらゆるところに延びている。

「すると彼らが言うには、先月当たりでふっつりと、この街での書籍の取引が止まっているようです」

そう言ったル・ロワは、宿の部屋に積み上げてあった書籍をぽんぽんと叩いた。まるで、読まれなくてくすぶっている本たちを励ますかのように。

エーブもそうだが、ル・ロワも時間があるとすぐに商いに励んでしまうらしく、宿の部屋はすでに書籍や紙束でごちゃついていた。

「ということは、占い師さんはもうここにはいないの？」

ミューリは積み上げられた本をざっと見まわして、細密画の多いものを膝の上に置いている。

「でしょうな。しばらく滞在し、別の街に向かったのでしょう。なかなか良い筋の本を注文しておりましたから、私としても残念です。良いお客さんになってくれたはずですから」

「ふーん」

ミューリが本を開くと、そこには奇怪な動物の、色鮮やかな絵が多く描かれていた。どうやら遠隔地交易商人が聞き集めた、はるか遠方の地の奇譚集らしい。

「だが、それでおしまいってわけにもいかんだろ。別の理由をこじつけて、この街の商会を家捜ししたりはできないか？　デュラン選帝侯の特権証書を預かってきたなら、市政参事会にかけあって、ウーバンとの不正な取引が疑われるとかなんとか言いがかりをつければ、できなくもないだろ」

船乗りらしく、ヴァダンが荒っぽい手段を提案する。

もちろん言外には、鼠たちにこっそり調べさせることも含んでいる。

ただ、ル・ロワは首を横に振った。

「残念ながら、ここでは選帝侯の権威は通用しません」

その言葉に、大きな鼻を足のようにして歩く奇妙な動物の絵に首を傾げていたミューリが、顔を上げる。

「どういうこと？」

「ここはウーバンの山奥より続く川の、終着点です。川を流れてきた木材と、その木材に括りつけられて運ばれてきた鉄製品が、世界各地に向けて送り出される港でありますが、代わりにウーバンは、ここから小麦やぶどう酒を仕入れるのです」

ちょっとした謎かけのようなル・ロワの言葉に、ミューリが言った。

「ご飯を用意する側のほうが強そうだね」

ミューリが指摘したのは、当たり前の事実。

木材や鉄は食べられず、足りないものはどこかから調達しなければならない。

「それに、コル様たちの話によれば、今回の話は蝕の予言を巡る争いだとか。それで私はぴんときましたとも。このアーベルクの取引を仕切っているのは、ルウィック同盟ですからね」

「えっ⁉」

自分が驚くと、ミューリはきょとんとしていた。

「私の偽者にお金を出していたのが、ルウィック同盟ですよ」

「だそうですね。それにお二人は、北の島で大暴れした際に、ルウィック同盟を虚仮にしたと聞きました。ただでさえ薄明の枢機卿のせいで、贅沢品を取り扱う彼らの商いが細っているのです。彼らは手を変え品を変え、あらゆるところで薄明の枢機卿を追い落とす方法を探しているはずです。今回のことも、その一環でしょう」

ル・ロワが楽しそうに話す横で、ミューリはようやく頭の中で話が繋がったらしい。

「……じゃあ、誰が占い師さんを連れ出したのか、やっぱりわかってるってことじゃない」

「ですが、今すぐそいつを締め上げにいこうという目つきのミューリに、ル・ロワは言った。

ルウィック同盟は蛸みたいなものですからな」

「たこ？」

山奥生まれのミューリは、その生き物を知らなかったらしい。ル・ロワは微笑み、ミューリの膝の上の書物をめくると、海の中から触手を伸ばして船を飲み込もうとしている、化け物の絵を見せてから続けた。

「ルウィック同盟は、とらえどころのない存在です。大雑把には都市同士の同盟と呼べますが、もっと緩い繋がりなのです。つまり、ある都市はルウィック同盟と敵対しているのに、その都市にある大きな商会は同盟に所属していることもあります。しかも、彼らは統率の取れた集団というより……餌を見つけたら一斉に飛びかかる野犬の群れ、というほうが近いのですな」

仲間ではなく、同じような利害を持つ集団、という意味だろうが、狼のミューリはちょっと面白くなさそうだ

「そんな具合ですから、ルウィック同盟の「どの商会」が天文学者様を攫ったのかとなると、難しい話になるでしょう」

ミューリの手元の本には、たくさんの脚で船を絡めとる蛸の絵が描かれている。どの脚に天文学者が捕らえられているかわからず、しかも間違った脚に攻撃すれば、蛸はすぐに海の底に消えてしまう。そういうことを、ル・ロワは言いたかったようだ。

「でもさ、本を買っていたところが犯人なのは間違いないんでしょ？」

ちょっと挑むような言い方は、意固地になっているというより、ミューリは自分ならばどの商会が犯人かを見つけられる、いや、嗅ぎ分けられる、と思っているのだろう。

ここには建物に忍び込むことにかけては随一の、鼠の一味であるヴァダンたちもいる。

ただ、ル・ロワはそれを知らないから、ミューリにとってはじれったく……ということなのだろう。

そしてこの歴戦の書籍商は、まったく別の方面からミューリの考えには否定的だった。

「商いでは、代理の取引も珍しくありません。特に追手を警戒しているのであればなおさらです。本を買いつけた商会はわかっても、真の注文主とは限りません」

ミューリは文字どおり歯噛みをして、じりじりしている。

「う～、じゃあ、他の街でも同じことをすればいいじゃない！」

ミューリの挑むような言葉に、大人たちが揃って目をしばたかせる。

「ここの街だと、だいぶ前にいなくなっちゃったみたいだけど、別の街、もっと別の街で、同じように本の売り買いを調べていけば、そのうち今まさに本を買ってる最中の街に行き当たるでしょ！」

理屈としてはそうだが……と、全員が揃ってル・ロワを見る。

各地の書籍を扱う商人と繋がりがあるのは、ル・ロワだけだ。

「酷なことを仰りますな」

ル・ロワは、幼児から深遠な問いをされて困る大人みたいな顔をしていた。

「あちこちの街に調べにいく人手が足りないなら、手はあるよ」

ミューリはちらりとヴァダンを見たし、興奮に任せて人ならざる者のことを話すのではないかとひやりとしたところ、こう言った。

「ウィンフィール王国には、暇な貴族の人たちがたくさんいるもの。兄様を誘拐しようとした罰だと言えば、皆手伝ってくれるよ」

王位継承権を持つものの、地位を受け継ぐ見込みの低い王子と、その手下たち。

彼らなりに切実な理由があって、王国内で不穏な勢力を形成していたのだが、色々あって今ではハイランドとも和解している。おそらく味方として数えていいはずだ。

ミューリにしては現実的な案が出てきたところ、ル・ロワはしばし考え、諭すように言った。

「本の取引というのは、小麦や干し肉の取引とはちょっと違うのです」

「……どんなふうに？」

「基本的には秘密主義的なのですな。誰しもが、基本的に取引を公にしたがらないのです」

「……」

ミューリは眉間に皺を寄せ、こちらを見る。

「ええっと……たとえば聖典の写本でしたら問題ありませんが、錬金術にまつわる本だと、教会から目をつけられるかもしれません」

「いかにも。それに、本は高額であることが多いですし、珍しいものを他に先んじて集めたがる人たちばかりですから、取引は静かに、内密に行う理由で溢れています」

「でも、おじさんはすぐに占い師さんの買ってた本を突き止められたでしょ？」

その問いに、ル・ロワは大きな肩をすくめてみせた。

「誰がどんな本を取引しているのかという情報は、同じ書籍商にとっては取引可能な商品なのです。つまり私は、私の持っている別の情報を対価として差し出して、よその書籍商から情報をもらったのです」

「あ……」

商人たちの間で、無料のものはない。ル・ロワは簡単に情報を集めたように見えたが、しっかり身銭を切っていたわけだ。

それを、手当たり次第にやればいいなんて言ったミューリは、自らの軽率さに気がついたようだった。

目を細めて微笑むル・ロワは、元気な弟子を見る師匠のようだ。

「もっとも、薄明の枢機卿の動向を把握している私に対しては、恩を売りたい人たちが多いのも事実です。ですので、ミューリ様からは、コル様が教会をけちょんけちょんにけなし、物議をかもす本を書くようにと、せっついてくださいませ」

教会を批判する本を書けば、飛ぶ鳥をもっと飛ばす勢いで売れるはずです、とル・ロワは何度か詰め寄ってきた。その書籍がいつ刊行されるかという話は、書籍商にとってものすごく価値を持つ商品になるのだろう。

ル・ロワがそれなりに苦労して天文学者の痕跡を見つけたことを知ったミューリは、すっかりル・ロワの肩を持つように、こちらを睨みつけていた。

「ここにいたのが確実なのに、行き先を掴めないってのは、確かにもどかしいな」

ヴァダンが言って、胸の前で腕を組む。

「では、神の御加護を期待して、近場の港町から順に、地道に調べてみますか？」

自分はそう提案した。

あきらめるという選択肢を取らないのであれば、できることは限られている。

「天文学者様が町にいれば、その町の人たちはなにかしら気がつくはずです。本の売買もそうですし、どこかでまた天文の観測をしているはずです」

「確かにそうですね。高い尖塔を有する町……となるといくらかは絞られますし、毎夜塔の先端から明かりが見え隠れするようになった町となると、もっと限られるかと」

イレニアが同意し、ミューリがその後に言葉を続ける。

「兄様みたいなのがうろうろしてるなら、町で絶対目立つしね！」

それはなんとなく自分も想像できた。

「それに、本はすっごく重いし、兄様みたいな人だったらきっと大荷物だったはずでしょ？　なら、港で荷を積み込む人たちとか、荷馬車に積み荷を載せる人たちに聞いたら、案外すぐにわかるかもしれないよ。本をいっぱい積み込むなんて、珍しいことのはずだし」

よれよれのローブを着て、不健康そうな顔に汗を浮かべ、命よりも大事な書籍を担いで運ぶ。
そんな学者の様子が目に浮かぶ。

「どう？　港のことなら詳しいよね？」

と、ミューリが視線を向けたのは、船乗りのヴァダンだ。

「賛成したいところだが、天文学者とやらは、一人で選帝侯の下から逃げ出したわけじゃないだろ？　明らかに後ろ盾がいて、資金を出し、手引きをしている何者かがいる。なら自分の手で抱えるにしても、本当に貴重な星の運航記録とかってやつだけじゃないか？　残りは普通の荷物の振りをしてるはずだ。そこから目当てのものを見つけ出すのは……お前なら大変さがわかってるだろ」

ヴァダンが視線を向けたのは、羊毛仲買人たるイレニアだった。
イレニアは降参するように肩を落とし、ミューリに申し訳なさそうな笑顔を見せた。

「街では毎日膨大な数の品がやり取りされます。その中で、羊の毛が詰められた麻袋の中身が本当に羊の毛だけであるかどうか、定かではないこともあります」

その言葉に、ヴァダンは下唇を突き出し、ル・ロワは含み笑い。
ミューリは腕を組み、忌々しそうに言う。

「密輸」

口調は強いものの、覚えたての言葉らしくちょっとたどたどしい。

なんにせよ、思いもよらぬところにしまい込まれた品物を正確に知るのは、それこそ全能の神しかいない。

「じゃあ……もう追いかけられないってこと？」

腕を解くミューリに、密輪船の船長のヴァダンはともかく、イレニアもル・ロワも色よい返事を返さない。彼らは多かれ少なかれ品物を隠したことがあるのだろうし、それ故に隠されたものを暴くことがどれだけ難しいかを知っている。

ミューリの鼻を使えば、あるいは、と思うものの、膨大な数の船や荷馬車から見つけ出すことなど、絶対に不可能だ。仮にやるとしても、相当な頭数が必要になる。

しかも場合によっては、目当ての荷物が巧妙に隠されているかもしれないので、密輪の手口に通じている必要だってある。

そんな人材を各地の港や町に送り込み、今まさにやりとりされている品物の中から、天文学者が購入していると思しき品を見つけ出すなど、あまりに夢物語すぎる。

そんなことできるはずがない。それほど特殊な技能を持った者たちは、町ではそれなりに重要な役職に――とまで思った、その瞬間だ。

「あっ」

思わず声を上げていた。

いるではないか。

世の中にはいつだって、誰にだって、天敵というものがいるのだから。

それに今回のことは、典型的な密輸とは少し違う。

となると、この街から多くの書籍を抱えて新天地へと向かった天文学者を追いかける方法は、まだ残されている。

「足取りを消すために荷物を隠したとしても、それはこの町から出る時だけではないでしょうか」

自分の独り言のような呟きに、四人の視線が集まる。

「それにいわゆる密輸品でさえ、知恵を絞って隠さないとすぐに見つかりますよね」

今度は視線がヴァダンに集まり、嫌そうな顔で答えてくれる。

「だからなんだ。本を密輸する方法に、なにか特別な手掛かりがあるかもって？　けど、それなら俺じゃなくて、こっちの本屋の出番じゃないのか？」

ヴァダンは親指でル・ロワを示す。

「いえ、そうではなくて……」

自分は考えをまとめ直し、もう一度言った。

「書籍の取引を隠すのは、ウーバンからの追手を振りきるためだと思います。つまり、儲けのためではないのなら、この港町から外に出ていく時だけ秘密にする、とは考えられませんか？」

こちらの言いたいことの先が見えないのか、ヴァダンは怪訝そうだ。

「もしも天文学者様が新しい町に入る時、書籍の密輸がばれてしまったら、余計な騒ぎになります。人目を忍んでいる最中に、その危険を冒すとは思えないのです」

「まあ……面倒なことになるな。金額によっては、領主権による裁判になりかねない。でも、それで？」

「それなら、どこの街に持ち込まれたかを調べる方法は、あると思います」

ヴァダンのみならず、ミューリまでも険しい顔をしていた。

依然として、この世に星の数ほどある町を調べるという、物量の問題が残っているから。

たとえクリーベント王子の仲間たちを動員しても、途方もない時間がかかる。

しかし、天文学者一行が本気で書籍を密輸しようとしていないのなら、そこを乗り越えられるはずだと思った。

「書籍は基本的に高価ですし、どこの港、どこの町でも、関税を取ろうと手ぐすね引いて待っています。ウーバンから出る時、デュラン選帝侯が特権証書を用意してくれたくらいです。つまり――」

「あ！　そうか！」

声を上げたミューリは、声の次に眉を吊り上げた。

「兄様……もしかして……」

ものすごく嫌そうな顔に、自分は大きくうなずいてみせる。

港町では膨大な量の人と荷物が行き来して、一度そこに紛れられたら、とてもその中から一人の人間と荷物など見つけることはできない。なんならその人も荷物も、わざわざ手間をかけて隠すことだってあるのだから。

しかし、頭隠して尻隠さず。いや、頭を隠そうとしても尻に嚙みつく奴がいる、とでも言うべきだろうか。

商品というものは、町から出ていく時にはあまり調べられずとも、持ち込まれる時には念入りに調べられる。なんなら、隠された品物でさえ暴く者たちがいる。

特にそれが、書籍のような、高価なものであるのならば。

「関税ですよ。徴税人です」

自分が口にした単語に、ヴァダンとイレニアが揃って口を開けた。

「本は高価ですから、関税を支払っているのであれば、その町の記録、あるいは徴税人の皆さんの記憶に残っているはずです」

徴税人たちは実に目ざとい。彼らの職業倫理というより、税を取り立てられるかどうかに彼らの生活が懸かっているからだ。

しかも天文学者はかなりの量の書籍を持って新天地に赴いた可能性が高い。

人目を忍んでいる者たちならば、高価な書籍を秘密裏に持ち込もうとするより、万が一ばれた時の大騒ぎのほうを警戒するのではないか。

つまり、おとなしく関税を支払ったはずではなかろうか。

「だが……あの憎たらしい徴税人どもが、おいそれと手柄の話なんかするか？　あいつらは世界中から嫌われてるって自覚があるからな、どこの職人組合より閉鎖的だぞ」

密輪を取り締まられる側だったヴァダンの言葉に、イレニアが微笑んでいる。

「その点については、凄腕の徴税人だった知り合いがいます。ですよね？」

ミューリが嫌そうに首をすくめたのは、その徴税人といつも言い争っているからだ。

「そんな奴……あっ」

ヴァダンもようやく、嫌な記憶を思い出したらしい。

そもそもヴァダンたちが幽霊船と呼ばれていたのは、密輪がばれそうになると全員が鼠に戻って身を潜め、やりすごしていたからだった。

しかしその悪運も尽き、嵐のせいで砂州に座礁していたところ、船の隠し部屋を見つけられて御用となった。

そしてその隠し部屋を見つけたのが、かつてラウズボーンで徴税人をとりまとめていた人物だ。

「シャロンさんから聞いたことがありますが、徴税人もお互いの情報交換が重要な仕事だそうです。怪しげな船について港同士で共有し、どこでなにを積んだか確かめて、齟齬を見つけては食らいつく。ですよね？」

「へっ」

ヴァダンは密輸船の船長として、幾度も徴税人たちとやり合ってきたはずだ。

「あいつらの執念深さに頼る日がこようとはね」

行方知れずの天文学者に向けて、細い糸が繋がった。

その日のうちに、一羽の海鳥が海を渡るべく飛び立った。

海鳥の脚に結ばれた手紙には、協力を要請する旨と、鳥たちに手厚い礼をしてほしいという詫びの文言が記されていた。

それから誰かを威嚇するかのように、狼の尻尾の毛が挟み込んであったのだった。

第

二

幕

シャロンと連絡がつくまでの間、アーベルクでのんびり休養、とはもちろんいかない。

書籍にかけられる関税の記録によって、天文学者がどこの町に向かったのかを補足できるというのは、あくまで理屈の話にすぎないからだ。

本当にその記録が残っているかどうか、というだけではなく、いざ実行することを考えれば、候補となりうる町が多すぎるという問題が未だ大きく立ちふさがっている。

天文観測が行える塔を備えたところと限定したって、まだ結構な数の名前が挙がる。

まずはその数を絞り込まねば、シャロンの協力を得たとしても、かなりの時間がかかってしまう。

なので大鉈を振るって、可能性を絞らなければならない。

「みんなここで止まるね」

そう言ったミューリの足元にいるのは、尻尾をぱたぱたさせている野良犬たち。

海を見て、ミューリを見て、舌を出しては、はっはと荒い息づかい。

ミューリが干し肉を与えると、彼らは大喜びで食らいついていた。

「占い師さんは、海から町を出た、で間違いないと思う」

シャロンに手紙を出した後、ミューリが真っ先に向かったのは、町の大きな商会だ。

狼の姿になって乱入し、秘密の帳簿を盗み出す、というわけではなく、各商会の裏口でたむろする野良犬を見つけては、ウーバンの塔から持ってきた布地の匂いを嗅がせていた。

商会の積み荷を狙う不埒な輩は、鼠や小鳥、盗人まで幅広く、野良犬たちはその手の招かれざる客に吠えかける代わりに、食事のおこぼれに与っている。

なのでこの街の商会に天文学者が寝泊まりしていたのなら、彼ら野良犬はその匂いを覚えているはずというミューリの推測だ。

塔から持ってきた布地にほとんどの犬は興味を示さなかったが、ある商会の裏口にいた数頭が反応して、とぼとぼと歩いて道案内をしてくれた。

時折彼らはそれぞれ道を違えることもあったが、追いかけていくと同じ場所で再会した。

今日も目が回るほどに人々が忙しそうにしている、アーベルクの港だ。

「どの船に乗ったかまでは、わかりませんか」

「私は母様ほどみんなの言葉がわからないからね。それに言葉がわかっても、今度は犬のみんなのほうが、船の区別をつけられないと思う」

それは確かにそうだ。

「でも、どこの商会に泊まっていたかはわかったし、鼠さんたちが今日の夜にでも書庫をひっくり返してくるでしょ。もしかしたら難なく行き先がわかるかも」

そうなったら話は簡単なのだが、文書で証拠を残している可能性は低いだろう。

それにもうひとつ、問題があった。

ミューリと一緒に野良犬を追いかけながら、その人ならざる者の力の便利さに改めて舌を巻く一方、この力について、考えなければならないことがあったからだ。

というのも、ミューリの力でどこの商会が天文学者を匿っていたかはわかったし、ヴァダンたちが今夜にでも忍び込んで大きな手掛かりを得る可能性が出てきたが、もしも本当に手掛かりが手に入った場合、それをル・ロワにどう説明すればいいのかわからなかった。

今までも同様の問題に行き当たることはあったが、いよいよ真剣に考えねばならないと感じていた。

それは、カナンやル・ロワが信用できない、というわけではない。

これから先、薄明の枢機卿が表舞台に立つことがますます多くなり、難題に直面することが容易に予想される。その時、今ここでミューリたちの力を借りられれば解決できるのに、という場面が間違いなくでてくるはずだった。

カナンやル・ロワ、あるいはハイランドにミューリの正体を教えるのはいいとしても、また別の人、そのまた別の人とやっていたら、いつか必ずぼろが出る。

けれど人ならざる者の力は、やはりあまりに便利すぎる。まったく使わないという選択肢はもう選べない。

だから野良犬たちの頭を撫でているミューリを見て、重い息を吐く。

ミューリが腰に剣を佩きたがるのを諫めるのも、根っこは同じこと。

それが少女に相応しいものではないから、というだけではなく、武器を持っていれば、使いたくなるはずだからだ。

それは人ならざる者たちの能力も同じことで、この先の旅路で決定的な分水嶺に立たされた時、彼らの正体が世間にばれることと引き換えにしてでも、彼らの力を借りてしまわないとは、自分でさえも保証できなかった。

あるいは、野良犬たちにじゃれつかれ無邪気にしているミューリは、力を使わないことを選べるだろうか？　人ならざる者の存在を秘密にし続ける、その選択ができるだろうか。

当然、カナンやル・ロワ、それにハイランドという、全力を賭して薄明の枢機卿を支えてくれる彼らに対し、秘密を持ったままということ自体の後ろめたさもある。

自分は薄明の枢機卿として世に踏み出す覚悟をしたが、道には踏んではならない尻尾がたくさんある。

先々のことを考えれば、どこかでその力に頼ることをきっぱりあきらめる必要があるかもしれない、とも思う。

すでにル・ロワへの誤魔化しをどうすべきか、頭が痛くなっているのだから。

そんなことを思って唸っていたら、野良犬を構い終わったミューリが立ち上がり、ぱんぱんと手を払ってから言った。

「ねえ兄様、せっかくだから、このまま街を見て回ってもいい？」

ミューリを取り囲む野良犬たちは、揃ってこちらを胡乱な目で見ている。

我らの姫になんの用だと言わんばかりで、居心地が悪い。

けれどミューリはそんなことなど気にしていないし、側に寄ってくるとまるで恋人のように腕を取ってくる。犬たちがますます嫉妬していたが、自分はミューリがさりげなく犬の涎をこちらの服で拭いていることに気がついて、ため息しか出ない。

「お腹でも空いたんですか？」

「違うよ！　調べたいことがあるの！」

不服そうなミューリの腕を振りほどいてから、調べたいこと、と反芻する。

「わかりました。エーブさんからも、鉄製品の値段を調べてくるように言われていましたしね」

ウーバンからの輸出品は多かれ少なかれこのアーベルクから世界に向けて送られるので、ここでの値段も調べて送れば、少しは世話を焼いてもらっていることへの恩返しになるだろう。

それに、ル・ロワへのなにか良い言い訳でも浮かぶかもしれない。

「ですが、食べ歩きはしませんよ」

念のために釘を刺すと、すでに歩き始めていたミューリは肩越しに振り向き、いーっと牙をむいたのだった。

ミューリは子犬みたいに軽やかな足取りで、あっちこっちの露店や職人の工房を覗いては、興味の引かれたものについて、店主や職人に尋ねていた。

それは刀剣や鋏などの鉄製品だったり、ミューリならそのうえで丸まって眠れそうなほどに大きなチーズだったりしたが、大まかにはウーバンの山岳地帯からの商品が多かった。

買い食いはしませんと釘を刺したが、結局小さなチーズを買わされたし、腰に巻いて小物をしまっておく鹿革の腰帯もねだられた。選帝侯から持たされた路銀を小遣いかなにかと勘違いしているのでは、という疑念に苛まれる頃、町中に広がる水路にでくわした。

市政参事会がよほどしっかりしているのか、綺麗に護岸された水路が街の中をまっすぐ走る様は、実に壮観だ。

その水路は町の人々の普段使いに供されているようで、鮮魚を積んだ船や、鶏を積んだ船が行き交っている。今まさに水路をゆく船に運び込まれているのは、今晩人々の喉を潤す葡萄酒のようだ。

ミューリはそんな水路沿いに歩きながら、荷の積み下ろしを待っている船頭を見つけては、話しかけていた。

職人たちもそうだが、仕事中に話しかけられたら大抵が怒鳴り返す気質の者たちだろうに、ミューリが相手だと不思議とそういうことがない。

多分、不意を衝くのがうまいのだ。

ふっと気がつくとすでに懐の中にいて、好奇心たっぷりの大きな赤い瞳をまっすぐに向けられている。強面の職人や船頭たちがたじろぎ、若い見習いたちが顔をちょっと赤くしている間に、ミューリは質問をねじ込むのだ。

すると彼らは一様にして、なにか考える前に質問に答えていて、最終的にはなんだかんだ打ち解けてしまう。その様は、狼が狐たちをも難なく討ち取ってしまう光景のよう。

賢狼と希代の行商人の娘は、実に末恐ろしい能力を持っていた。

「兄様」

と、そんな少女がやっぱりいつのまにかこちらの隣に立って、服の袖を引きながら言った。

「お腹空いた」

小さなチーズはとっくに食べてしまったらしい。

それにミューリが指さしているのは、水路が合流する広場沿いの、昼間から開いている大きな酒場だった。

食べ歩きよりかはましかと思うのと、昼ごはんという言い訳が立つ頃合いだ。

渋々うなずくと、ミューリは店先に並べられた席に早速陣取っていた。

そして手早く注文を済ますと、明日の天気を聞くかのように、妙なことを尋ねてきた。

「それでさ、兄様。もし予言の日付けを手に入れたら、本当にあの傭兵の王様に知らせるの？」

一瞬、なにを言われているのかわからなかった。

「え……っと、なんです？」

自分たちがアーベルクまできているのは、失踪した天文学者を捜すためで、それは学者が蝕の予言の日付を握っているらしいからだ。デュラン選帝侯は、その蝕の予言でもって、失墜しつつある権威を取り戻そうとしている。

自分たちはその復活劇に手を貸すことで選帝侯に恩を売れ、さらに教会側が蝕の予言で権威を取り戻すのを阻止できれば、一石二鳥である。

けれど、買ってもらったばかりの鹿革の腰帯をためつすがめつしているミューリの言ったことは、その前提を無視するものだった。

しかも、その口ぶりは、デュラン選帝侯への裏切りをほのめかしていた。

反射的に、ミューリの身勝手さを叱ろうと口が開きかけたが、旅の間、何度も似たようなことがあったような気がして思いとどまった。

ミューリは常に周囲を見回している狼であり、自分には見えないなにかを、いつも木立ちの向こうに見つめているのだから。

「……説明してくれますか？」

極力落ち着いて聞き返すと、ミューリは少し目を細める。

なんだ怒らなかったか、とでも言いたげな、こちらを試していたことをうかがわせるお転婆娘の表情だった。

「教会と戦うのは兄様なんだからさ、兄様が自分で予言したらいいんじゃないって思ったの。頼りない王様を復活させるより、最初からその予言を使って、薄明の枢機卿様が人気者になったほうが早いでしょ？」

ミューリがすらすらと語る言葉は、一見すると理に適っていた。

「あのですね、そんな横取りのようなこと、できるわけありません。そもそも選帝侯は、そうさせないためにカナンさんを人質に取っているのですよ」

やや強めの口調で言ったのだが、ミューリは華奢な肩をすくめるだけ。

「エーブお姉さんがこの街のことを知ったら、舌なめずりしそうな状況だったのに？」

一見なんの関係もない話をされ、眉間に皺が寄る。

ミューリは水路のほうに顔を向けたまま、横目にこちらを見た。

「いっぱいお話聞いてきたけど、誰に聞いても、ここの港に陸揚げされた品物を山の上のウーバンに売ると、それだけで価格が三倍だってさ」

パンとスープが運ばれてきて、ミューリは一呼吸空けてから、小さく言った。

「ひどい暴利」

あの激流に逆らって船を川上に運ぶのも相当大変だし、多くの荷物は結局、騾馬か人の背に載せて運ぶしかない。しかし相当な手間がかかるにしても、三倍の値段になるのは確かにやりすぎだった。アーベルクからウーバンへの道は、エシュタットからの山道ほどにはひどくないのだから。

「逆に山から下りてきたものは、すっごい安く買い叩かれてた。それもほとんどが物々交換みたいなものでさ、山のような鉄と、麻袋ひとつ分の小麦を交換する、みたいな感じだったよ。どれくらいの比率かは、計算し直すまでもない感じだよね」

エーブが舌なめずりしそうな状況、というのはそういう意味らしい。

でも、それがどうして裏切りの正当化に繋がるのか。

ミューリに問いただす視線を向けていると、パンを噛みちぎったミューリは言葉を続けた。

「山の人たちは、海の人たちに舐められてるんだよ」

なんとはしたない言葉遣いを！　と叱ることができないのは、ミューリの言いたいことがわかってきたからだ。

「前の代や、前の前の代の傭兵の王様が荒くれ者で、今も山の人たちみんながそういう領主様を求めてるのには、理由があるってこと」

ニョッヒラではガキ大将で、村の小僧たちとしょっちゅう喧嘩していた少女の赤い瞳が、喧嘩などろくすっぽしたことのない兄を捕らえている。

「歴代の王様が傭兵王の名に相応しい人たちだったのは、伝統というより、それが真に求められてたからなんだね。ここの海の人たちがあんまりがめついことをするようなら、山から下りて全員切り伏せるぞ！　って脅しが必要だったんだと思う」

町と町との関係は、隣人同士の諍いとはわけが違う。

森の動物じみた縄張り争いの様相を呈し、結局は暴力こそがものを言うのだ。

「だからね、私は思ったの」

そして、森の掟に通じた狼の娘が、言った。

「兄様が占い師さんを見つけて、予言の日付けを手に入れたとする。でも正直にその日付けをあの傭兵の王様に教えたとして、果たしてあの王様は本当に頼れる仲間になるのかなって」

冷たい現実で冷えた口を温めるように、ミューリはパンをスープに浸し、かぶりつく。

野良犬を楽しそうに従え、好奇心旺盛に街の中を巡っては色々な人に話を聞いていたミューリは、こんなことを考えていたのだ。

人ならざる者の力について呻いていた自分だけが、真剣に頭を働かせていたわけではない。

「それにさ、兄様はわかんなかったかもだけど、山に運ばれる麦は、品質の悪いものが大半だったよ。もしかしてこの辺一帯ではあんまり良い麦が取れないのかなって思ってたけど、港の荷物をよく見たら普通においしそうな麦が山盛りだった。最初から、あのウーバンに向かう荷物には、悪いものばっかり積み込まれてるんだよ」

アーベルクの商いを取り仕切るルウィック同盟にとって、ウーバンを含む山岳地帯は絞りがいのある葡萄なわけだ。

その不利を、今までは傭兵王の名に恥じない領主の武威でもって、跳ね返してきた。

それが今の選帝侯では、足が悪いので戦働きは期待できず、しかも武将というよりは智将のほうが似合っていそうな雰囲気ゆえ、川沿いの泥棒貴族たちまでが好き勝手やっている。

ウーバンの人々が侯を敬わないのは、現実的な問題があるからなのだ。

そして追い詰められた選帝侯は、星占いに進退を賭け、薄明の枢機卿を名乗る若造に運命を託した、ということになる。

「このお話で最悪の結末は、兄様が予言の日付けをあの傭兵王のおじさんに渡して、そのうえで、おじさんが玉座を追われることだよ。このこと、きちんと考えた?」

「……」

夢見がちな少女の顔は、ミューリの一面にすぎない。

特にこういうところでは、狼の名に恥じない鋭さを見せてくる。

「本当に奇跡ひとつで、これだけ不利な状況をあのおじさんがひっくり返せるのかな」

ミューリはそう言ってから、少し上目遣いにこちらを見た。

母親譲りの赤い目に、賢狼の顔が重なった。

「でもね、兄様が予言をすれば、間違いなくすごいことになる。それは全部兄様の力になって、兄様の自由になる。そうでしょ?」

エシュタットに現れた、薄明の枢機卿の偽者のことを思い出せばいい。

偽者が理想を語るだけで、人々は熱狂し、泥だらけの荒れ地に町を作り出してしまった。

それがもしも、空から天体が消える瞬間を予測できたとしたら、どうなるのか。

教会との戦いにおいて、民衆の心を掴むのは、武器を掴むのと同じことだ。

「丘の上で杖を振り上げて、たくさんの人たちの前で、空の変調を告げるんだよ。兄様の姿は、山ほどの奇跡譚に描かれるだろうね」

ミューリが口角を吊り上げると、その唇の下から尖った犬歯が覗く。口調こそ冗談めかしているが、ミューリの目は本気だった。

自分でさえ、どんな騒ぎになるか想像できるのだから。

エシュタットの街で、薄明の枢機卿という役割を引き受け、教会との戦いに勝利することを誓った。このふたつ名に宿ってしまった大きな力を悪い方向に利用されないよう、しっかり手綱を握らねばならないと自覚した。

だとすれば、それが最適解なのかもしれなかった。

蝕の予言によって、薄明の枢機卿の権威をさらなる高みに押し上げる。

そのことは、自分たちの旅の目的に適った、大きな前進となるだろう。

「で、すが……」

中庭で自分に秘密を語った時の、デュラン選帝侯を思い出す。

屋敷の中はがらんとして、あんなに建物が密集し人々が近くに暮らす街の中心にいてさえ、たった独りで暮らしているように見えた。

天文学者を雇い入れたようなことも、きっと途方もないほどにあがいた果てに残された、藁にもすがりつかんばかりの策だったに違いない。

そして、ついに奇跡の果実が実ったかもしれないのに、勝手にもぎ取られてしまった。

それをさらに自分が横取りするのは、薄明の枢機卿に相応しいことであるはずがない。

それになにより、胸が痛かったことがある。

ミューリがそんな話を、平然と語っていたことだ。

成長とは、大人になるとは、血も涙もない冷徹な目を手に入れるという意味ではないはずだった。

おそらく理屈としては、ミューリの言うことが正しい。

しかし、やはりそれは受け入れ難いし、ミューリのそんな成長の仕方は悲しいことだった。

自分は、いつの間にかパンを握りつぶしていたことに気がついた。

視線を上げ、ミューリに信念を説こうとした、その瞬間だ。

「でね？　カナン君も顔を真っ赤にするくらい格好いい預言者になった兄様なら、あの傭兵の王様を、確実に助けられるだろうなって」

テーブルの上でつんのめった。

「……ん、え？」

「偉大なる兄様が認めた王様だってなったら、みんながあの王様にひれ伏すと思うんだよね」

いつの間に頼んだのか、ミューリの手元には油漬けの鰯があった。

この季節のわりには丸々太った良い鰯で、刻んだ香草かなにかが振りかけられている。

ハイランドの屋敷や、金に糸目をつけないエーブと一緒にいた時間が長かったせいか、すっかりミューリの舌は肥えてしまっている。

そのミューリが、鰯の尻尾を摘まんで顔を上に向け、大きく口を開けて一尾丸ごと、ぺろりと平らげる。

その動作を間抜け面で見つめるほかなかった自分は、森の中で狼に遭遇し、逃げることも進むこともできない羊そっくりだったろうと思う。

「ねえ、兄様、聞いてるの？」

怒るような顔ではなく、楽しそうな笑顔。

自分はそれを見て理解する。

こちらが動揺することを、この少女は最初からわかっていたのだ。

デュラン選帝侯が、最後の望みとしていた予言の日付けを横取りする。そんな倫理にもとる方法を、合理的だからという理由で平気で提案した時、間抜けの兄がどんな反応を示すのか。

単純な兄は、もちろん嫌悪を示し、けれど合理の間で懊悩し、それでも自分の望む道のために重い一歩を踏み出そうとする。

なぜなら、羊は自分の足元ばかりを見ながら歩きがちだから。

けれど狼は道なき道をゆき、時には木の枝の上で遠くを見とおし、獲物を待ち伏せする。

「この私が、ほ、ん、と、う、に、兄様の嫌がることを提案するわけないでしょ？」

ミューリは楽しそうにそう言って、また鰯の油漬けを平らげる。

苦い顔になったのは、その鰯になったような気持ちだったから。

杖を振り上げ予言者の振りをするなんてこと、小心者の兄は絶対嫌がるとわかっている。ましてやデュラン選帝侯の手柄を横取りするとなればなおのこと。

けれど、ミューリはまったく同じことを、まったく別の料理に仕立ててみせた。

蝕の予言は物乞いですら、一夜で賢者に変えるだろう。

だから予言を成し遂げた薄明の枢機卿であれば、確実にあの不遇な選帝侯を助けられると、そう言うのだから。

「あ、もちろん薄明の枢機卿様が丘の上で杖を振り回す時は、太陽の聖女様も一緒だからね！　きっとすっごくかっこいい一場面になって、町のあっちこっちの辻で演じられると思うもの！」

険しい森の中を懸命に歩く羊の横を、一頭の狼が尻尾を振りながらついてくる。

羊は悪路でよたついているのに、狼はお構いなしにじゃれついてくる。

そんな様子を想像して、ため息をつく。

ミューリは兄を翻弄して、ご満悦。

自分は握りつぶしてしまったパンをひとかけら、疲れたように口に運んだのだった。

蝕の予言について、薄明の枢機卿が執り行い、その圧倒的な権威で選帝侯を救う。

まったく考えてもみなかった選択肢だが、確かに検討は必要だったかもしれない。

とはいえ、やはり紙に書き下してみると、ものすごく傲慢な気がするし、選帝侯としても心情的に納得いかないような気がする。

私のほうがうまくやれますからと、選帝侯を説得するところを想像するだけで、厚かましさに身もだえする。

机の前で頭を抱える自分をよそに、その横道を示した当の狼はというと、ル・ロワから借りてきた星座にまつわる聖人の伝説が記された本を手に、呑気にベッドで寝転んでいた。

子供の頃にミューリの両親と旅を共にした際も、行商人が机で頭を抱え、賢狼がのんびりベッドに横になっている光景をたくさん見た。

ミューリの父親の苦労をしのびながら、予言を巡る対応策のいくつかを苦労してまとめ、ハイランドにも判断をあおごうと、手紙に記していく。

そんな具合に日々を過ごしていたところ、天文学者が一時滞在していたらしい商会に忍び込んだヴァダンたちから連絡があった。

成果は、芳しくないとのこと。

二夜に渡って徹底的に捜し回ったらしいが、どこに向かったのかの文書類は残っていなかったという。おそらく商会のごく一部の人間だけが知る計画だったのだろう。

権威が落ちているとはいえ、れっきとした選帝侯の手元からお抱えの学者を攫おうという計画なのだから、それくらい慎重になってもおかしくはない。

となると、天文学者の足取りを追いかけるには、膨大な数の町に赴いて、関税記録を探るしかない。

町を絞り込むための手掛かりはなく、あるのは船でここから出たであろう、という事実だけ。

しかしミューリなどは気楽なもので、「渡り鳥の凄い群れがいるでしょ？　こっちのほうだと空が覆いつくされるくらいだって聞いたから、そのたくさんいる鳥さんたちに捜してもらえばいいんじゃないかな！」とか適当なことを言っていた。

果たしてそんなことが可能かどうか、そして、そんな方法を使ってしまったら、もはや人ならざる者の存在を隠しきれないのではないか、やきもきしていた三日目の夜。

鼠の姿のヴァダンが、宿の部屋にやってきた。

『商会でなにか見つかったわけじゃなくて悪いがね。手紙の返事がきた』

「もう？」

ラウズボーンに出した手紙の返事を携えた鳥が、ヴァダンたちの船にいるという。その速さにも驚いたが、今朝から小雨が降っていたので、その中を飛び続けてくるのは大変だっただろう。

これはなにかよほどの報があるに違いないと、ミューリは早速フードがついたローブを身に纏っていた……の、だが。

「ちょっと、自分で歩いてよ！」

『一匹も二匹も同じだろうが』

着替えるミューリの肩を伝い、フードの中にヴァダンをはじめとした鼠たちがいそいそと入っていたのだ。

『ほら、さっさと運べ。道案内はしてやるから』

ミューリがため息をつきながら、鼠たちがわらわらと入り込んだフードを乱暴に被ると、狼の耳を出しているみたいにフードの下がもぞもぞ動いていた。

「あんまり髪の毛に摑まらないでよ」

ミューリはフードの中に手を入れて、口をやや尖らせ気味に鼠たちの位置を調整していく。仲良くなった鼠たちなのであまり邪険にできないのだろうが、じゃれつかれる側の気持ちがわかりましたか、とちょっと意地悪を言いたくなるのをこらえて廊下に出ると、こちらも肩に鼠を乗せたイレニアが、準備万端、待っていた。

「ミューリさんはいつも楽しそうでなによりです」

肩口から子鼠が零れ落ちそうになっているのを手で押さえていたミューリは、大きなため息をついたのだった。


港町というのは大抵夜まで賑やかなものだが、雨が降っているとさすがに静かだ。

風もないので余計に静かに感じる夜の街を、濡れて滑りやすい石畳に注意しながら、小走りに駆けていく。港にたどり着けば、いくつかの船からは明かりが漏れていた。雨の夜は、宴会も船の中なのだろう。

それらの船のうちのひとつに、おっかなびっくり渡し板をたどって乗船する。

外から見ると船などどれも一緒に見えるが、甲板に上がれば砂州に座礁しているのを調査しに赴いた時のことを思い出す。

そして、この船を綱で引いて、座礁から引きずり出したのだったなと、イレニアを見て思う。

「?」

視線に気がついたイレニアから微笑み返され、慌てて誤魔化した。

そんな折り、ミューリのフードの中からヴァダンたちが飛び降り、あっという間に姿を消す。

どうやら鼠専用の出入り口があるようだ。

飛び降り損ねた子鼠を、ミューリが意地悪するように手の平の中でもてあそんでいると、ほどなく船倉に繋がる入り口の扉が開く。

「入りな」

人の姿に戻ったヴァダンに促され、ぞろぞろと階段を下りていく。ぼんやりした蠟燭の灯を頼りに進んでいくと、ミューリの顔がどんどん険しくなっていった。

「どうしました？」

小雨で濡れた服を払いながら尋ねれば、ミューリはつんと顔を背ける。

「ずいぶんなご挨拶じゃないか」

ちょうど蠟燭の暗がりにいたのは、ラウズボーンで徴税人を率いていた、鳥の化身なのだった。

「鶏！」

「なんだ犬っころ」

お互い剣呑な態度だが、イレニアがくすくす笑っているとおり、いつもの挨拶みたいなもの。

ミューリは手の中にいた子鼠に顔を近づけ、「油断してるとあの悪い鳥に食べられちゃうよ」と適当なことを吹き込んで脅かしていた。

「まさかシャロンさんがいらっしゃるとは。それも、こんな夜更けに」

よく見れば髪が少し濡れているし、シャロンが座っていた木箱の横には、まだ湯気の立つスープとパンが置かれていた。

「ラウズボーンに出かけると言って修道院を出てきたからな。時間がなくて、夜通し飛んでくる羽目になった」

シャロンは鳥の化身で、ラウズボーンでは徴税人を引退した後、孤児院の運営などを続けている。今は駆け出し聖職者のクラークと共に、孤児院併設の修道院を、ハイランドの支援の下で建設しているところ。

そのかたわらで、大陸に出かけている自分たちの活動を、鳥たちへの影響力を使って力強く支えてくれている。

そんなシャロンだが、クラークには自らの正体を隠しているので、色々と不都合があるのだ。なのであまり頼るのも忍びないのだが……と思っていたら、シャロンが背後の暗がりからなにか荷物を取って、こちらに押しつけてきた。

慌てて受け取ると、ちょっとした紙束だ。

「まだ序盤だけだがな、クラークが早く見せたいと言うから持ってきた」

紙束は隅が少し湿っている。

「聖典？」

「印刷ってやつはすごいな」

蠟燭の灯に照らされているのは、綺麗な文字が整然と並んだ聖典の一節だ。

ミューリも興味深そうに覗き込んできた。

「今頃、これが部屋いっぱいに積み上がっている」

本を増やすには、写字生や筆写職人が苦痛に耐えながらペンを握るしかなかった。

けれどとある職人集団が、封蠟に印を押すのと同じ要領で、並べた文字の型を紙に押印する方法を編み出した。その技術があれば大量の文字をいっぺんに紙に複写することができ、それまで数ヶ月はかかったであろう本の複写を、ほんの数日で何冊も仕上げることに成功した。

誰にとっても便利な技術だと思うのだが、教会は異端者たちが誤った思想を広げるのを危惧し、その技術を封印しようと画策した。

その迫害から逃げ出した職人を保護し、本を作るための工房を立ち上げたのが、ついこの間のこと。

そしてその工房で、聖典の俗語翻訳版が印刷され始めたのだ。

「工房そのものがまだ未完成だから、書籍商たちが圧倒されるほどに聖典を作り上げるのはもう少し先だが、その兆しはうかがえるだろう？」

普段から表情が険しめのシャロンだが、紙束を見詰める顔には誇りと自負が垣間見えた。

印刷のために使う文字印の金型を彫る職人や、その型から文字印をつくる鋳物職人に、紙を漉く職人や、インクを大規模に作る職人たち、それからすべての材料を手配する商人たち。

工房の建物そのものを作りながら彼らを采配するのは、実に大変な仕事のはず。

ミューリがそんなシャロンの様子にいささか不服そうな顔をしつつ、こう尋ねていた。

「冒険譚も増やせるの？」

「理屈としてはできるが、この技術は同じものをたくさん作るためのものだ。犬っころのためだけに一冊本を増やすとかだと、面倒のほうが勝るな。筆写したほうが早い」

ミューリが唇を尖らせたのは、犬っころ呼ばわりされたことに対してではないだろう。

けれどどこのお転婆娘は、賢狼の血のほかに、希代の行商人の血も引いている。

「でも、皆が欲しがる本を増やせれば、それと色んな物語の本とを交換できるよね」

ミューリはなにか計画を練るように天井を見てから、ゆっくりとこちらに視線を向ける。

「ねえ、兄様ぁ」

最後のそれは、同意を求めるものではなくて、なにかを要求する時の猫なで声、いや、狼撫で声だ。

職人たちに言って、人気の冒険譚を印刷させてくれということだろう。

「聖典の完成はいつくらいになりそうなのですか？」

ミューリを無視してシャロンに尋ねる。

「聖典はとにかく頁が多いからな。秋過ぎにはどうにかかって感じだ」

「秋、ですか」

一瞬夢見たほど早くはなかったが、すべての頁を印刷してしまいさえすれば、怒涛の勢いで聖典が増えていくはず。

教会との戦いには間に合うだろう。

「ちなみに、この印刷とは別に、ハイランドの奴が王国内の教会や修道院に頼んで、俗語版の聖典を筆写させてるが、あっちこっちから引き合いがすごいらしい。誰もが聖典を読めるようになれば、もう少しこの世の中もまともになるだろ」

シャロンは人ならざる者の血を引くだけでなく、世の中と教会のいびつな仕組みによって苦しめられてきた身だ。

軽い口調で言ってはいるが、そこには独特の重みがあった。

冒険譚欲しさにすっかりぐずって袖を引いてくるミューリを無視しながら、深くうなずく。

「では、私たちも頑張らねばなりませんね」

大陸側でも味方を見つけ、聖典の俗語翻訳版を武器に、教会との戦いを有利に進めなければならない。千年以上の長きにわたって、積もりに積もった世の不正を大掃除できるのは、きっと今しかないのだから。

「クラークの奴も、お前のことを気にしてる。偽者の話では、珍しく顔を赤くして怒っていた」

「クラークさんが?」

カナンは案外ミューリ寄りだが、クラークは実に実直で物静かな聖職者という感じだ。あのクラークが怒っている様子というのが想像できないが、自分たちのために怒ってくれているとしたら、それはとても嬉しいことだ。

「だからそれもあって、まあ、急いできたんだよ」

腰に手を当て、疲れたように言うシャロンは、実際に疲れているはずだ。聖典の試し刷りを爪で摑んだまま、昼夜問わずにラウズボーンから飛んできたのだ。

改めて礼を言ったのだが、シャロンはものすごく大きなため息をついた。

「というかな、私が文字どおり飛んできたのにはもうひとつ理由がある」

「え？」

「お前らのあれはなんだ？　どれだけ途方もないことを言ってるか、わかってるのか？」

急いでここにやってきたのは、馬鹿げた計画に直接文句を言うためだったようだ。

「鶏が鳥さんの群れにお願いすれば、すぐできるでしょ？」

世界中の物語を物々交換で手に入れるべく、印刷工房に英雄譚の印刷を頼んでくれとまとわりついていたミューリが、シャロンにそんなことを言った。

「あのな」

シャロンは額に手を当て、うつむいてしまう。ミューリの雑な要求に、なにから怒ればいいのかわからなくなってしまったのだろう。

自分のほうも、しがみついてくるミューリの頭を押し返しながら、こちらの状況をシャロンに伝える。

「一応、私たちのほうでも絞り込もうとしたのですが、せいぜい、海路だろうということくらいしかわからず」

「はっ。世の中に港がどれだけあると思ってるんだ？　お前らの能天気さには呆れるな」

このアーベルクから船が出ていき、どこかの港に到着する。そこで積み荷の書籍に関税を課せられたはずだから、その記録を見つけられれば天文学者がそこに降り立ったとわかる。

まるで聖典に書かれた清く正しい生活のようだ。

書くのは簡単だが、実行するのはとても難しい。

「まず、どこの港かを見つけるのが至難の業だが、それだけじゃない。市政参事会が徴税人を取りまとめているところなら、関税の一覧を調べることができる。しかし徴税請負人たちが自分たちの裁量で関税を集めているようなところだと、同じ港で働く徴税人同士でも、他人がどんな課税をしたかなんてのは、酒の席での自慢話として語られる程度だ。確かに大量の書籍を見つけ出せれば、まあまあの金額になるだろうから、仲間内では話題になるだろうが……」

つまり、目論見どおりに天文学者の持つ書籍に課税した徴税人が働く街に手紙を届けられても、必ずしも適切な返事がもらえるとは限らないということだ。

「というか、天文学者だろう？　クラークの奴にも聞いたが、高いところを好むそうじゃないか。むしろ目立つ塔を片っ端から調べるほうが現実的じゃないか？」

「そ、それでしたら」

と言いかけたのを、鋭い目で黙らされた。

「皮肉の意味で言ったんだよ。私の仲間にその調査を頼むのなら、いずれにせよ問題が立ちはだかる。そこの犬っころに理由を聞いてみればいいさ」

シャロンに顎をしゃくられ、隣のミューリを見やる。

ミューリはそんなこちらを見つめ返し、悔しそうにむくれながら、肩をすくめてみせる。

「兄様にお使いを頼むのと、イレニアさんにお使いを頼むのとじゃ、頼めることに差があるでしょ？」

「んっふ」

シャロンがミューリの物言いに吹き出していた。

引き合いに出されたイレニアも笑っているが、自分の口から出るのはため息だ。

「なんとなくわかりました」

ミューリににっこり微笑み返され、肩を落とす。

代わりにイレニアがシャロンに言った。

「鳥の皆さんだと、塔にいるのが天文学者かどうか判断するのが難しい、ということですよね？」

「そうだな。せいぜい頼めるのは、手紙を届けてもらうとか、その程度だ」

ミューリも街の野良犬たちに力を貸してもらうことがあるが、あまり難しい頼みごとはできない。

「それに、手紙を届けるって言ってもな。渡り鳥たちはこの季節だと旅の途中だし、土地に居つく連中だと、多くの仲間が飛び立ってしまったら、残された連中は縄張りを維持するのが難しくなる」

そういう問題もあった。

人には人の生活があるように、鳥には鳥たちの生活がある。

それでなくとも、シャロンからは鳥に頼みごとをしすぎだと忠告をもらっている。

「まあ、発想そのものは、私も悪くないと思ったが」

せめてもの慰め程度に、シャロンがそう言った。

「いっそ、この街の商人にそこの犬っころをけしかけたらどうだ？」

結局落ち着くのは、そのあたりの選択肢なのだ。

「私も商人さんを咥えて海に放り込みたいと思ってるよ」

ミューリはもちろんそういう荒事が嫌いではないし、なんなら真っ先に思いつく性格だ。

それを口にしないのは、堅物の兄が同意しないとわかっているから。

けれど今回においては、人ならざる者の存在をなるべく表に出したくないという理由以上に、ル・ロワが語った理由がある。

「今回の件で厄介なのは、捜している人物がそこにいるかと尋ねた時点で、追手の存在が明らかになってしまうことです」

だからミューリをルウィック同盟の商会にけしかけるのは、本当に最後の最後、もはや時間の猶予がまったくないという時の、最後の手段となる。

シャロンが腕組みをしてため息をついていると、廊下の奥から声がした。

「俺たちの船に商会の連中を連れ込んで、話を聞いたらしばらくどこかの島に置いてくるってのはどうだ？　殺しをしなければ、薄明の枢機卿様のお許しも出ないか？」

廊下の奥から声が聞こえ、ヴァダンが人の姿で戻ってきた。

手には木の器だのを持ち、その後ろでは仲間が酒や鍋を運んでいた。

現金なミューリは尻尾を出してぱたぱた振って、罪深い夜の食事に飛びついていた。

「その手の解決法が手っ取り早くて結局は無難だと思うがね。扉の鍵を開けられる鼠がいて、嚙みつける狼がいるんだからな」

シャロンはそう言って、自分の食事を再開し、ミューリは受け取ったパンを小さく裂いて、肩の上をちょろちょろしている子鼠に分け与えていた。

超常の力を持つ者たちにかかれば、人の世の問題など、こんなふうに力業で押しきれる。

そのことに心強さを感じる一方、ではル・ロワやカナンにどうやって事の経緯を説明すればいいのかという問題が立ちはだかる。

そんな自分をよそに、ミューリが珍しくシャロンの意見に賛意を示し、ヴァダンが計画のあらましを話し、イレニアが細部を整えていく。野蛮に見えるその計画だが、きっと危なげなく、夕飯の買い物みたいにさっと実行してしまえるのだろう。

船室の中で蠟燭の灯に照らされながら話している者たちは、人間ではない。

だから唯一この場で人の身である自分は、口を開く義務があった。

「ですが……」

その呟きのような言葉に、獣たちの目と耳がこちらを向く。

「皆さんの奇跡みたいな力を使って、解決に向かうとしても、それを共有できない人たちがいます」

ミューリがパンをむぐむぐさせて、飲み下してから言った。

「ル・ロワのおじさんやカナン君？」

「そうです」

ミューリはイレニアやヴァダン、それにシャロンを見てから、小さく首をすくめる。

「あの二人になら、言っても大丈夫だと思うけどな」

「私ももちろん、あのお二人は信用できる人たちだと思っています。それはハイランド様も同様です。ですが」

ここで唯一人間である自分は、少し言葉を考える。

ミューリと共に町を散策した時に思ったことを、直接彼らに聞いてほしかった。

「私たちの知る人全員が、人ならざる者のことを知ったとしましょう。そうすれば、当然、皆さんの力を借りるのは容易になると思います」

これまでの旅でも、人ならざる者の力に頼って問題の解決を図ってきた。

もしもそこに制限がなくなったとしたら、いくつかの苦労はしなくても済んだだろう。

「うん。すごくやりやすくなるよ。ね！」

狼の耳と尻尾を出したミューリが同意を求めると、イレニアは微笑み返したが、シャロンは肩をすくめ、ヴァダンは報酬次第だな、みたいな顔をしていた。

「でも、それがどうしたの？　いいことじゃない？」

「問題の解決という意味では、そうです。けれど、皆さんの力を借りやすくなった時、きっと、自分たちの行動には少なからぬ変化が起こるはずです」

「私たちの……？」

ミューリが小首をかしげると、この場で最も人間の世に溶け込んで暮らしているシャロンが、頭を掻きながら言った。

「まあ、そうだな。なにか問題が起きたら、私らの力を使えばいいとなる」

シャロンの言葉に、ミューリはやっぱりよくわからないという顔をしている。便利なのだからそうすればいいし、実際に今までそうしてきた。なんなら今だって、連絡を取りたいと思えばすぐに鳥に手紙を託すのが常態化している。

自分が咳払いをすると、狼の血を引く娘がこちらを見た。

「シャロンさんは元徴税人として、もしかしたらいくらか経験があるのかもしれませんが」

腕組みをして聞いていたシャロンは、嫌なことを思い出したとばかりにふんと鼻を鳴らす。

自分は間抜けであり、狼のミューリほど目ざとくない。

けれど、その目ざといミューリならこの世のすべてを見ていられる、というわけでもない。

「便利だからと、奇跡のような力を使うことに躊躇がなくなった時のことを、一度きちんと考えるべきなのです。私たちは文字どおり、奇跡のような成果を達成するでしょう。それこそ、蝕の予言を成し遂げるように」

視線をミューリに向けたのは、蝕の予言はあの頼りない傭兵王ではなく、薄明の枢機卿がやったほうが効果的だと言っていたから。

「多くの人々が奇跡のような問題解決能力に驚嘆し、私たちを混沌とした世の中の救世主と見なすことでしょう。私たちのあらゆることを肯定し、語る言葉に耳を貸してくれることでしょう。そうすれば、イレニアさんたちの追いかける新大陸捜索についても大きな力となるかもしれません。しかし」

言葉を切って、疲れたように言った。

「聖人伝では、奇跡を起こして人々を助ける聖人たちが書かれていますが、それらの物語はいつも短いのです。人々の崇敬を集めたところで、大体話が終わっています。なぜだかわかりますか？」

ミューリはこちらの問いに、戸惑ったように首をすくめた。

その狼の耳が、叱られている時のように伏せられる。

「遠からず、人々の期待に応えられなくなる時がくるのですよ」

奇跡を起こせる者は、当然、その奇跡を常に期待されるようになる。

けれど人は人であり、全能の神ではない。

ある日問題を解決できなくなった時、奇跡を望む民衆はどう思うか。

水の汲みすぎで井戸が枯れてしまったと見るのか、それとも、奇跡の出し惜しみと見るのか。

そして世の民衆は、残酷なものだ。

「希望の町オルブルクで見た、人々の熱狂を思い出してください。あの熱量が失望に変わり、すべて敵意となって跳ね返ってくるんです」

ミューリはその言葉に、ぐっと喉を詰まらせていた。

お祭り騒ぎが大好きなミューリでも、あの熱狂には乗りきれず、体を強張らせていた。

「薄明の枢機卿に対する人々の期待は高いです。そしてその期待を維持し続けなければ、教会との戦いには勝てません。ですが、それには当然、代価が必要となります」

「あまりに期待を高くしすぎれば、維持するのもまた難しい、ですね」

イレニアは言って、ふうとため息をつく。

「私は一人で働くことが長かったですから、ばれなければよいという感覚でしたけど。そうですよね、コルさんは私たちとは違いますし」

ここで人であるのは自分だけ。

人ならざる者たちの奇跡を借りていれば、いつかその借り賃を支払うことになる。

座礁した船を引きずり出せるような羊や、無数の鳥たちに協力を頼める鷲や、どんな鉄壁の要塞でも潜り抜けて潜入できる鼠たちとは違い、自分はただの人なのだ。

見慣れた彼らの顔の向こうには別の世界が広がっていて、森の奥には得体のしれない存在がうごめいている。

もちろん、分かり合えないということではないと思う。

事実、ミューリの父親はわかり合えると信じて、狼の化身の手を引いた。

けれどこのふたつが異質のものだと、忘れてはならないのだ。

形が似ているだけに、なお一層のこと――。

「兄様は違くなんてないよ！」

スープ皿もパンも放り出して、ミューリが飛びかかってきた。危うく倒れそうになるのをどうにか抱き止めると、獲物を絞め殺す勢いで首に縋りついてくる。

「違くなんてない！」

人と、人ならざる者。

それは異教徒と正教徒以上に、本来相容れないものだ。

誰よりもその境界線に敏感な少女が、境界線を飛び越えてきた。

顔を胸にこすりつけ、ぐしぐしと泣き出してしまったミューリの背中を、いささか反射的に撫で返していると、口を開いたのは意外にもヴァダンだった。

「まあ、そういうことなら、それでいいんじゃないか？」

あっけらかんとした口調の鼠の頭領は、ミューリが放り出したスープ皿を曲芸のように受け止めた手下の鼠たちから受け取って、なぜかこちらに渡してくる。

左手でミューリを抱きしめたまま、なんとなく右手でそれを受け取ると、ヴァダンは飄々と言う。

「元々俺たちは日陰者の鼠だからな。目立つことの危険性は知ってるよ。まあ、羊のお嬢さんを船に乗せてからは、ちっとばかし気が大きくなってたが」

自嘲気味に首をすくめるヴァダンに、イレニアが眉尻を下げて肩を落とす。

「私も、そうですね。ずいぶん前にお館様……いえ、エーブ様に叱られたことを思い出しました。エーブ様の荷を盗んだ商人の商会を、建物ごとひっくり返して奪い返したのですが」

その告白に、シャロンでさえぎょっとしていた。

羊はひとつのことに気を取られがちだが、イレニアのエーブに対する思慕の念には、少しそういうところがある。

根こそぎひっくり返った商会の建物と、荷物を取り返してにこにこしているイレニアの様子を見て、息を呑むエーブの顔が目に浮かんだ。

我が家の狼もいつかやりかねないので、あまり他人事ではない。

そこに聞こえたのは、シャロンがミューリを見ながらついたため息だった。

「港町では、偶然出会った同郷の者同士が、酒場でつい羽目を外しがちだ。その点で、こんなに『似た者』が集まってるのは、私も初めてだからな」

どこか忌々しそうにシャロンが言うのは、自戒の意味が含まれているのだろう。

シャロンは人の世の仕組みに深くかかわりながら生きている。それゆえに、困難を解決しようと鳥の血を引く者としての力を使い、かえって痛い目にあった経験があるようだ。

「まあ、お前らの雰囲気にあてられたってのもあるとは思うが」

呆れたような視線の先には、こちらにしがみつくミューリと、それを守るように抱える自分がいる。

「どうにもお前らは危なっかしくてな。手を貸したくなるんだ」

自分からはぐうの音も出ないが、ミューリは腕の中でぐうぐう唸っている。

「ただ、もう少し控えめにすべきってのは、そのとおりだ。そもそも、私の仲間の鳥を使いすぎだからな」

そこはこちらも自覚があったので、うなずくほかない。

「んで、目立ちすぎはまずいってのはわかったが、だったら実際のところどうするんだ？」

ヴァダンは言って、首をこきりと鳴らす。

「要は奇跡に見えないように、慎重にってことにしても、俺たちの力なしじゃ天文学者の行き先なんて見つけられないだろ」

理想と現実の間には、いつも埋めえぬ溝がある。

「件の蝕の予言だって、半年後かもしれないが、明日かもしれない。悠長にしてられるかね」

その問題もある。一日過ぎるごとに、誰かが天に向かって杖を振り上げる日が近くなる。

「なにか、行き先を絞り込める方法があればいいんですが」

特に、天文学者は無理やり連れ去られたのではなく、本を買い与えられるような待遇にある。だとすれば星の観測を続ける可能性が高く、このふたつは大きな手掛かりになるはずなのだ。

しかし現実問題として、その手掛かりをうまく使えてはいない。

そこにシャロンが言った。

「私はお前らの計画を聞いて、そもそも絞り込みをしないとどうにもならんとはわかっていた。だから考える時間を確保するために、文字どおり飛んできたわけだ。もちろん」

シャロンはそう付け加えてから、どこかあきらめるようにため息をつく。

「どうしても大規模に鳥の力を借りたいってんなら、頑強に否定はしない。私らには力があって、お前らには目的がある。そして私は少なくとも、お前らの成功に賭けているものがある」

シャロンには人の世の繋がりがあり、守りたい孤児たちが大勢いる。

そして孤児院を維持し続けられるかは、ハイランドの支援にかかっている。

もしも教会との戦いで負ければ、そこには大きな暗い影が差す。

ならばシャロンとしては、目的のためには躊躇しないということだ。

「私の目的は新大陸ですが、コルさんたちと利害は大きく共通しています。この力でしたら、いつでもお貸しできます」

イレニアから言われ、うなずき返す。

「ただ、今日はもう遅いですし、一度解散にいたしませんか？」

イレニアの視線は、こちらの腕の中のミューリを見ながらではあった。

その提案に特に反対は出ず、ひとまず解散ということになったのだった。

まだぐずっていたミューリだが、心配した子鼠たちからパンを差し出されると、恥ずかしそうに受け取っていた。

ニョッヒラにいた時も賢狼様からこっぴどく叱られてしょげることがあったが、なにか食べればへこんだ体が元に戻るかのように元気になるのが、この娘の良いところだ。

冷めたスープを一息に飲み干す頃には、シャロンはヴァダンの案内で船室に寝に向かい、イレニアもヴァダンの仲間と共に、海沿いの港町を記した地図を航海室に見にいっていた。

賑やかだった船室が、急にがらんとしていた。

見晴らしの良い草原よりかは見通しの悪い森の中を好む狼だが、暗くて寂しい船内は例外のようで、甲板に出たいと言ってきた。

くる時は降っていた小雨も上がり、今はほどよい湿り気を含んだ冷たい風が、柔らかに頬を撫でていく。

ミューリはだいぶ落ち着いたようだが、やっぱり口数は少ない。

思いがけず、人と人ならざる者の境目に遭遇して、びっくりしたのだろう。

人ならざる者の力は強力だが、人がそれを借りれば借りるほど、その人もまた、人の世からは離れたものになっていく。

狼の毛皮を被った羊が、熊を撃退するおとぎ話を聞いたことがあるが、その物語の落ちは自らを本当に熊だと思い込むようになった羊の悲劇で終わる。人ならざる者たちの威を借り続ければ、いつしかその人間も人であることを忘れていくだろう。

もとよりその境界線に産まれたミューリは、そのどちらをも自在に行き来しているように見えるが、実際のところはその線を見ない振りしているだけなのかもしれない。

だからミューリは突然現れた線引きに戸惑い、慌てたのだろう。

人懐っこいこの子狼は、まだ孤独の寒さに耐えられるほど毛皮が厚くないのだ。

「宿に戻りましょうか」

ミューリに声をかけると、その狼の耳が片方だけ、こちらを向いた。

「イレニアさんが」

「ん？」

「イレニアさんが新大陸を本当に見つけても、兄様は側にいてくれるよね？」

その言葉の意味をきちんと摑みきるまでに、少し時間を要した。

多分、冒険譚が大好きな身として、あるいは人ならざる者の血を引く者として、新大陸が発見されたらミューリは間違いなくそこに行くだろう。イレニアの計画である人ならざる者だけの国の建国が実現すれば、そこでは耳と尻尾を隠す必要はなく、周囲には同じ仲間たちばかりになるのだから。

けれどその大陸の港に降り立ったミューリが、迷子になったような顔をしている様子を想像してしまうのは、そこに自分がいないから。

人と、人ならざる者。

その距離を改めて目の当たりにして、ミューリは不安になったのだろう。

「聖職者であれば、神は常にあなたと共に、と答えるところなのでしょうが」

少し冗談めかして言ってから、ミューリの頭を撫でる。

いつも凛々しく尖っている耳が、くしゃりとへこんだ。

「私は神ではありませんからね」

ミューリがひゅっと息を呑み、顔を上げる。

「それに私は、あなたの旅の無茶な冒険に、きっといつかついていけなくなります。どこかの静かな礼拝堂で、あなたの旅の安全を祈る日がくるでしょう」

おとなしくしていろと言って聞く性格ではないし、一刻も早く落ち着きを持ってくれと願う気持ちに嘘はないが、椅子に縛りつけるつもりもない。暗い顔で部屋にいるよりも、楽しそうに世界を駆け回ってくれているほうが、結局は自分も嬉しいのだから。

いわば根負けなのだが、ミューリはむしろ突き放されたように悲しそうな顔をする。

「ですが」

そう言って、ミューリの頰を摘まむように撫でた。

「扉はいつでも開いています。それで十分でしょう?」

その扉がニョッヒラにあるのか、あるいは別の街にあるのかはわからない。

けれど狭い世界に我慢できず、大冒険に飛び出した狼が、ふと疲れを覚えた時には立ち寄れるどこかのはずだ。美しいことばかりではない世界に失望し、道に迷った時でも、きっとそこを見つけられるだろう。

「私とあなたが離れ離れになったとしても、私がこの先もずっと、あなたの兄であることには変わりありませんし」

なにものも定かではない嵐の中、それだけは確かな明かりとして輝き続ける。

そう思って言ったのだが、ミューリは少し鼻をぐずらせて、急に不機嫌そうな顔になった。

「……ずっと妹じゃ、いや」

あきらめの悪さは、元気の証。

小さく笑って、答えた。

「兄様以外の呼び名で呼ぶこともできないのに？」

煽ると、子狼は簡単に釣られ、噛みついてくる。

しがみついてくるミューリの頭を撫で、小さく笑った。

ニョッヒラでもミューリの嫁入りのことを考えては、その父ほどではないが、多少は気を揉んだ。賑やかな少女が家を離れ、静かになった湯屋を想像して、感傷に浸ったりもした。

けれどそれで永遠の別れではないし、世界は繋がっている。

歩き続ければ、必ず新しい家にたどり着けるのだ。

「あなたが太陽の聖女ならば、私はその輝きを見上げ、東から西に駆けまわるのを見送る一人にすぎないのでしょう」

その暑苦しさも、落ち着きのなさも、それからいなくなったとしても必ずまた姿を見せてくれるだろうという安心感も、ミューリには太陽という呼び名がぴったりだ。

「ただ、あなたが暗闇に囚われた時のため、私は仄かな明かりを灯し続けていますとも」

夜明けはここだと示すように。

「私は薄明の枢機卿様ですからね」

ミューリの頭をもう一度くしゃりと撫で、ぽんぽんと叩いた。

「さあ、冷えますから」

宿に戻りましょうと言いたかったのだが、悪知恵の働くミューリはわざとその言葉を誤解してみせた。ぎゅうぎゅうしがみついてきて、脇の下に体を全部押し込もうとする。冷えるならこうすべきだと、無言の意思表示だ。

「こら、ちょっと」

倒れそうになるのをどうにか踏ん張っていると、ミューリの尻尾が嬉しそうにぱったぱったしていた。

元気になってくれてほっとするが、いつまでも甘えん坊でいられては困る。しがみつくミューリを引きはがそうとするが、びくともしない。

「ミューリ、いい加減にしなさい」

「んふふ、いーや！」

　シャロンやヴァダンに見られたら、また呆れられるだろう。先ほどまでの沈んだミューリの様子に心配そうにしていた鼠たちも、きょとんとこちらを見上げていた。

　迷い子のため、暗闇に仄かな明かりを照らし続けるなんていう台詞は、いかにも聖典的でよかったのに。

　ミューリの向こう側に見えた灯台のように、雨風に負けずただ黙々と人々の導き手になれるような日は、まだ遠そうだ。こんな子狼のじゃれつきにさえ、倒れそうなのだから。

　ただ、子狼のしつこさに本当に怒ろうとした、その時だった。

「あはは、んふ、ん……ん？」

　一人で身をよじって笑っていたミューリが、こちらの様子に気がついて、動きを止めた。

　そして、こちらの視線の先を追いかけたのが気配でわかった。

「……」

　その沈黙は、誰のものだったか。

　少なくとも先に動いたのはミューリで、もぞもぞ体を動かしてから、顔を拭くみたいにこちらに身を寄せてくる。

「兄様がなにを思いついたか、当ててあげよーか」

　自分はミューリの頭に手を回し、懲りない子犬をたしなめるようにわしわしする。

「山ほどの港にあてずっぽうで赴く前に、調べておくべき場所がありますね」

尻尾の毛並みはあまり気にしないが、髪の毛の手入れは欠かさないミューリが、髪の毛をくしゃくしゃにされて文句を言う。

けれど揺すられても叩かれても、自分は視線の先にあるそれをじっと見つめ続けていた

人里からはやや離れた場所にあり、夜中に人が出入りしていても奇異に思われない場所。

しかもそれは天に向けて屹立し、昼夜に渡って、星空を支えている。

「灯台！」

ミューリが答えを口にする。

なにか強い根拠があったわけではない。

けれど妙な確信があった。

あれほど剝がそうとして剝がれなかったミューリは、ぱっと体を離すと、風のように駆けて甲板下に向かう。

ちょうど甲板下から出てきたイレニアが、慌てて体を避けていたが、甲板下に消えたミューリとこちらを見比べてから、ミューリを追いかけていった。

子鼠たちも専用の隙間からミューリを追いかける。

自分は空を見上げ、目を細める。

雲は薄らごうとはしていたが、まだ星が見えるほどではない。

けれどそれは見えないだけで、そこにある。

天文学者の見えない尻尾に触れたような手ごたえを握りしめ、自分もミューリたちを追いかけたのだった。

第四幕

ル・ロワも船に呼び、船室で大きな地図を広げた。

船長らしく、ヴァダンが地図を前に言った。

「連れ出された天文学者は、書籍を買い与えられていることから、待遇は悪くないと考えられる。なんなら誘拐というより、引き抜きといえるだろう。そうなると、行き先は引き続き天文観測が行える場所である可能性が非常に高い。ならば屋敷の尖塔の高さを競う貴族たちがいるような大きな街か、あるいは大きな教会や修道院などが考えられる」

その前提を示したうえで、ヴァダンは盤上遊戯に使う騎士の駒を、地図の上に置いた。

「だが、もっと相応しい候補があった。よそ者が出入りしてても誰も気にせず、夜中にちらちら明かりが漏れていても異端審問官ですら不思議に思わない場所がな」

木彫りの騎士がたたずむのは、どこの領主の領地でもない。

そこは、地図に描かれた海の上だ。

「なるほど、離島の灯台ですか」

「ルウィック同盟の勢力圏でそういうのがいくつかあるが、わけても都合のいいのがある」

ヴァダンたちは現役の船乗りで、自分が港の灯台を見て気がついた可能性を知らせれば、すぐにその島の名を口にした。

「ここから北西、ウィンフィール王国との間に、コップ島というのがある」

「有名な島なのですか？」

「俺たちみたいな船乗りにはな」

ヴァダンは肩をすくめた。

「この島は大昔、ウィンフィール王国がまだ大陸側に領土を持っていた時代から栄えている。当時は大陸の南側への足掛かりとして利用されていたって話だ。おかげで島の規模のわりに港は大きく、立派な街もある。だが、王国が大陸の領土を失う中で、領有権が曖昧になった。大陸側からも、王国側からも等距離にあって、どちらかが優位を示しにくい。すると？」

「ははあ……。統治権力の間隙が無法者たちの楽園となるのは、世の常ですな」

ミューリがわくわくした様子なのは、平原を駆け回る騎兵の話を好きなら、海原を駈け廻る海賊の話も大好きだからだ。

「かつて王国が港を整備していたから、ここにはかなりしっかりした灯台がある。だが、王国が撤退し、統治権が曖昧になったせいで、灯台の灯も消えた。灯台に火を灯し続けるのは、結構金がかかるらしくてな。海賊もどきが集う島では、誰もその金を支払おうとはしなかった」

「となると、天文学者様がそこに住まい、毎夜そこで星を観測してたまに明かりをつけたとしても、怪しまれるどころかむしろ喜ばれるというわけですか」

「おまけにこの島の港には徴税人がいないんだ。どっさり高価な本を持ち込んでも、ここで目をつけられることはない」

自分たちが本の売買動向から天文学者の足跡を追いかけようと思いついたくらいなのだから、

い。

相手も同じことを警戒し、徴税記録を残さないよう画策していたとしても、もちろん驚かな

そうなると、追手を警戒し、足跡を消したい者たちにとっては、この島以上に好都合なところはないだろう。

「ここを真っ先に調べたって、ばちは当たらないと思うぜ」

ヴァダンの言葉に、ル・ロワは顎を撫でながら唸る。

「お話を聞く限り、私はよろしいかと思いますよ。理に適っているかと」

功を焦っていると、白いものも黒く見える。

ル・ロワがよいと言ってくれるなら、かなり自信が持てる。

「なら、決まりだな」

島に上陸し、天文学者を捜索する。

前のめりになって地図を睨みつけるミューリは、今にも耳と尻尾が出てきそうだ。

すでにこの少女の頭の中では、海戦を潜り抜けて島に上陸し、数多の荒くれ者たちを蹴散らしながら塔の上にいる天文学者を奪還するような、目もくらむ大冒険が繰り広げられているに違いない。

めそめそしているよりかは英雄ごっこに興じているほうがましともいえるが、その腰には本物の剣がぶら下がっている。

調査はヴァダンさんたちに任せましょう、などと提案したら、その剣より恐ろしい牙と爪を向けられるだろう。

「で、兄様、いつ出発する？」

燃えるような瞳がこちらを見る。

すでに交渉の余地はなさそうだ。

「……ヴァダンさん、諸々よろしくお願いします」

こちらとミューリの様子を見比べて、ヴァダンは少し笑っていたのだった。

ル・ロワはアーベルクに残り、シャロンも船から下りた。シャロンのことを鶏だなんだと呼んで噛みつくミューリだが、一緒にコッブ島にこないと知ると、少し寂しそうだった。

「あの書籍商に俗語版の聖典を売ってもらわないとならんからな。その相談がある」

ミューリのわかりやすくしょげた尻尾に、シャロンは呆れ笑ってそう言っていた。

試し刷りした聖典の見本をル・ロワに見せ、見込み客の数と支払ってくれそうな金額を聞いたうえで、ひとまずどれだけ印刷するかを決めるのだそうだ。印刷工房や人手の出費はハイランドとエーブが賄っているとはいえ、彼女たちの財産も無限ではない。お金に変えられるところはきっちり変えていかねばならないのだ。

「せっかくの冒険なのに」

ミューリが、残念そうとも、そんな楽しいことをふいにするのは愚かだともとれる口調で言うと、シャロンはにやりと笑ってみせた。

「いいんだよ。私はもう自分で冒険するんじゃなくて、その冒険を読み聞かせて子供をあやす立場だからな」

シャロンは気難しそうに見えて、実のところ世話焼きだ。孤児院では孤児たちにとても懐かれている。その孤児院で孤児たちに物語を読み聞かせる様が容易に想像できたが、一方のミューリは、自分が子供扱いされたことに気がついて目尻を吊り上げていた。

なんだかんだ仲のいい二人がそんなやりとりをしたその翌日には、もうヴァダンの船は錨を上げ、コップ島へと出港した。

「島までは、二日くらいだっけ？」

「風が変わらなければ、とのことですが」

港に見送りにきてくれたル・ロワの姿が見えなくなるまで手を振っていたミューリは、名残惜しそうにアーベルクの街を見ていた。

シャロンが見送りに立たなかったのは、まだ街に到着していないことになっているから。なのでコップ島に向かう作戦会議の際にも、姿を見せなかった。

あまり早くこの街に着いていれば、どうやってそんなに速く移動したのかとル・ロワに疑念を持たれてしまう。

人ならざる者の力を頼り続けていれば、いつかこの手の矛盾も露呈してしまうだろう。

早く教会との戦いが終わり、世界が平和になってくれたらいいのにと思っていたら、隣から呑気な含み笑いが聞こえてきた。

「ふふ、海賊島かあ」

船の縁に両手を置いていたミューリは急にしゃがみ込み、井戸から元気をくみ上げるみたいに屈伸している。

早速出している耳と尻尾も、毛並みがつやつやでやる気満々だ。

「剣を振り回すのは最後の手段ですからね」

天文学者は無理やり幽閉されているというより、学者として遇されている可能性が高い。なので見張りはおそらく最低限で、荒事を回避できる余地だって十分にあるはず。

しかしミューリはこちらの小言を無視し、屈伸から勢いよく立ち上がる。

「あ、そうだ！　眼帯がないか、ヴァダンさんに聞いてこないと！」

そしてそう言って、走っていってしまった。

「それだとあなたが、海賊でしょうに」

はしゃぐお転婆娘に頭痛をこらえていると、子鼠たちがこちらを見上げ、きょとんとしていたのだった。

コッブ島はさほど大きなものではなく、森はとっくの昔に刈りつくされ、島としては荒れ果てている。

岩礁が多く、まともに船をつけられるのは島の南側に位置する港部分だけ。

岩場と草地だけが続くような島の中では、山羊飼いたちが細々と暮らしている程度で、ほとんどの住人は港部分に集中している。

そして件の灯台は、島の東端、港から少し離れたところにあった。

「灯台の北側には若干だが砂浜があって、小舟なら上陸することができる」

アーベルクを発って一日目の夜。風除けのために小さな湾に停泊して、夕食を食べながらヴァダンが一枚の地図を広げて説明してくれた。

「じゃあ夜に砂浜に小舟で乗りつけて、この灯台まで行って、見張りを倒して、占い師さんを連れ出せばいいってことだね」

目をらんらんと輝かせているミューリの尻尾に、子鼠たちがじゃれついている。

「それはそうなんだが、確認しておくことがある」

蠟燭に照らされた面々を見回してから、ヴァダンが最後にこちらを見る。

「天文学者が本当にいたとして、ウーバンに戻るのを拒否したらどうするつもりだ？」

ウーバンの塔に、無理やり連れ出された形跡はなかった。

ならばそれは、あって然るべき状況だろう。

「無理やり連れ帰ることは、想定していません。選帝侯も、日付けさえ手に入れば問題ないはずですから」

「なら、天文学者が、ウーバンには帰りたくないが俺たちの船には乗ってくれる、となっても、あんたは邪魔しないってことだな？」

ミューリは怪訝そうにしていたが、自分はその状況もありえると思った。

天文学者を巡って、自分たちとイレニアたちの目的は違う。イレニアたちの第一目標は、あくまで新大陸を見つけるために星の知識を持つ人間を探すこと。

そして天文学者が、ウーバンに帰りたくないと言いつつ、ルウィック同盟の監視の下で天文観測するよりも新大陸捜索のほうが楽しそうだ、と言い出す可能性は十分あるだろう。

ここで薄明の枢機卿が、あくまでデュラン選帝侯に恩を売るのを優先したら、天文学者の処遇を巡って揉めるかもしれない。

船長のヴァダンとしては、方針を決めるために当然の質問をしたという感じだろうが、話を理解したミューリはあまり面白くない顔をしている。

多分、一致団結しているつもりだったのだろう。

「邪魔はしません。私は、天文学者様自身の考えを優先したいと思います」

ウーバンを自発的に出てきたのだとすれば、相応の覚悟と理由があったはずなのだから。

「それは、蝕の日付けの口を割らなかったとしても、と思っていいか？」

ミューリは耳をぴんと立てたし、自分は苦笑した。

口を開いたのは、イレニアだ。

「ヴァダンさん、失礼ですよ」

鼠の船長は羊の娘を見て、肩をすくめる。

「狼が一緒に乗ってるんだ。牙をむく前に言質を取っておく必要があるだろ」

口を割らず、ウーバンへの帰還も拒否したとなれば、こちらとしては力に訴えての尋問をする必要が出てくるかもしれない。

しかし別の理由で天文学者の協力を得たいヴァダンたちとしては、自分たちが強硬手段に出るのは避けたいわけだ。

「私はそんなやたらに嚙みつかないよ！」

ミューリはむくれて、そっぽを向きながら付け加える。

「脅かしはするかもだけど」

イレニアは困ったように笑い、ヴァダンとの間に割って入る。

「どんな事情で天文学者さんがウーバンから離れたかもまだわかりません。単にルウィック同盟に言いくるめられ、なんの考えもなしに塔を出ただけかもしれません。錬金術師の方々もそうですが、びっくりするほど俗世のことに興味のない人たちがいますから」

ミューリはまだ不服そうな顔をしていたが、耳をひくひくさせつつこちらを見て、ため息をつきながらうなずいた。そのため息がどういう意味なのかは、あえて問わないことにする。

「それに、もし天文学者さんが口を割らないとしても、すでに蝕の日付けを知っている人はほかにいるかもしれません。嚙みつくのは、そちらでも構わないわけでしょう？」

にこりとイレニアが微笑むと、ミューリの尻尾の毛がちょっと膨らんだ。

天文学者以外なら好きに嚙みつけばいいと、言外にそう言っているからだ。

「ま、どうなるかは、本人に会ってからだな」

ヴァダンはそう言って、広げた地図をもう一度見やったのだった。

日が昇り、再び沈み、夜がきた。

空には星が瞬いていて、風はほどほど。沖合はやや荒れていたが、島に近づくと波も穏やかな、絶好の密航日和。

ヴァダンたちの船は一度島を北に通り過ぎ、向きを変えると、滑るように上陸地点の沖合に船を走らせた。

「錨を下ろすと、見回りの船に言い訳ができなくなる。俺たちはいったん島を離れるからな」

　コッブ島は怪しげな立ち位置の島だが、秩序がないわけではないらしい。港を維持するために費用がかかり、その費用は入港する船から集められるからだ。港の外に船を止め、必要な取引だけやって港の利用料を払わない不届き者がいると、経営が成り立たなくなる。

「状況は灯台の明かりで知らせてくれ。合図の方法はきちんと覚えてるな？」

　小舟に乗り込むミューリは、ヴァダンの質問に深くうなずいている。頭に暗い色の布まで巻いて、すっかり海賊気分だ。

「武運を祈る」

　小舟が離れる間際、ヴァダンは真面目腐った顔でそんなことを言った。この鼠の頭領も、なんだかんだ冒険好きなのだろう。

　イレニアは楽しそうだったし、ミューリは見たこともないような真剣な顔で、舳先に座って前を見つめている。

　櫂を漕ぐのは人に化けられるヴァダンの手下で、その肩の上や足元に鼠たちが数匹いる。上空を静かに舞っているのは、なんだかんだシャロンがつけてくれた連絡用の海鳥だ。

　櫂のきしむ音と、わずかな波音だけが小舟の上に響いている。

　まっすぐに浜辺を見ているミューリの横顔に、自分は少しほっとしてしまう。

　人と人ならざる者の距離や、将来きっと訪れるであろう自分との別れのことなど、すっかり頭の外らしい。

楽しそうでなによりだと思っていたら、ミューリの尻尾が不意に軽く持ち上がった。

ほどなく視線を左手の方角に向けたので追いかければ、暗闇の中にぼんやり、岬と灯台らしき影が見えた。

「思ったより小さいですね」

はっきりは見えないが、町の建物だと五階分くらいだろうか。

ウィンフィール王国の船が行き来していた頃には、毎晩あそこに明かりがつき、港に入り損ねた船たちを導いていたらしい。

「当たりだといいんですが」

今のところ明かりはなく、人の気配は感じられない。

ミューリは音がするくらい大きく鼻から息を吸い込んで、大きく吐く。

緊張からか、それとも人の匂いでも嗅ぎ取ろうとしたのだろうか。

じっと前を見ていたミューリは最後に一言、「ちょっと魚くさい」と言ったのだった。

船が砂浜に乗り上げ、舳先から飛び降りて上陸する。

自分がもたもたしている間に、鼠たちは先に島に飛び降り、すごい勢いで走っていく。周囲の安全を探りにいってくれたらしい。

イレニアに助けられながら砂浜に上がると、すっかり頭の中が海賊なミューリは手ぶりでついてこいと示してから、波打ち際を歩いていく。

夜の海は目が慣れてくると案外遠くまで見とおせるし、足音も驚くほどに響く。ミューリが頭に布を巻いているのも、海賊気分だからではなく、銀の髪の毛が目立つからのようだ。とはいえそれなら尻尾もしまうべきでは、と思ったのだが、なぜか尻尾のほうは砂浜と同化しているように見えるのが不思議だった。

夜の砂浜を散歩している蟹たちを跨ぎ越え、時折、偵察に出ていた鼠たちが合流する。彼らはミューリの数歩先をちょろちょろ歩いては、再びどこかに駆けていく。

しばらく進むと岬に繋がる坂道に行き当たり、砂浜から草地に入る。

もうこれだけで、波の音が随分遠くなる。

夜露に濡れた草を踏みしめ歩いていると、ミューリが立ち止まり、しゃがんで地面に手を差し伸べる。草の隙間から現れた鼠がその腕を駆け上がり、なにか耳打ちしていた。

「ほんと？」

ミューリは聞き返し、こちらを振り向いた。

「誰かいるって」

今は使われていない、無人のはずの灯台だ。

あるいは山羊飼いか、宿代を節約しようという不届き者かもしれない。

けれどもちろんミューリは、天文学者だと思っているようだ。

「行くよ」

野郎ども、と続けたそうな勢いで、歩き始めていた。


灯台はがっしりした石造りで、鉄の門扉が入り口に蓋をしている。

イレニアなら頭突きで開けられもするだろうが、石壁に換気用のわずかな隙間を見つけたミューリが、鼠に囁く。

「中に入って、扉、開けられる？」

ミューリの頼みに、鼠はひょいと石壁に飛びつき、隙間から中に入る。

その鼠はどうやら人に化けられる者だったようで、ほどなく重い閂を外す鈍い音がした。

ミューリが扉を引いて開けると、外のわずかな明かりに照らされた鼠が出迎えてくれたが、人の姿のままだとすっ裸だからだろう。

年頃の妹の兄としてその配慮に感謝していると、きっとそんなことは露ほども気にしないだろうお転婆娘が、先頭きって螺旋状の階段を上っていく。

灯台の中は石の匂いに満ちていて、不思議なほど海を感じない。

波の音もほとんど聞こえず、急に自分の心臓の音が耳につく。

武装した見張りがいるような感じではないし、いざという時にはどんな騎士よりも頼りになる狼のミューリと、軍勢が押しかけてきたって蹴散らせそうなイレニアがいる。

なのにひどく緊張してくるのは、生来の小心者ゆえか。

それとも、天体の動きを予想するほどの凄腕の天文学者に会えるという、興奮からか。

神の衣の裾に触れる方法は、決して祈りだけではないし、あの塔の上の観測所を見る限り、毎晩誰よりも祈っていたのは天文学者かもしれない。

そんなことを思いながら、一歩一歩階段を上っていく。

蠟燭を灯すわけにもいかないので、ミューリの白い尻尾を頼りに上がっていくと、がらんとした空間に出た。やけに空気の流れを感じるのは、このすぐ上の階が、灯台の明かりをつける部分だからだろう。

そしてミューリが木窓を開けると、さっと外の明かりが入り込み、部屋の様子を映し出した。

そこはどこか辺鄙な場所にある修道院の、遍歴修道士用の宿舎に近かった。

殺風景な石壁に、必要最低限の家具と、積み上げられた書物。

ただ、壁に貼られたのは偉大なる救世主の似姿でもなければ、天使の絵でもない。

巨大な天体図。

「見つけた」

呟くミューリの視線の先に、大きな本を抱くようにして眠る、一人の娘がいたのだった。

長い黒髪が血しぶきのように飛び散っているが、不気味な感じでないのは実によく寝入っているからだ。

ルウィック同盟に言いくるめられ、特になんの考えもなしにウーバンを後にしたのではないか、なんてイレニアは言っていたが、なんとなくそんな気がしてくる。

塔の部屋の様子にも親近感を抱いたが、鼠が枕元をうろうろし、ミューリが顔を近づけてすんすん鼻を鳴らしても一向に起きない様子に、緊張感が一気に薄れていく。

「起こすよ？」

ミューリがこちらを見やるので、疲れたように同意する。

「占い師さん、起きて！」

ミューリが肩を揺すると、冗談みたいに体をびくりとさせていた。

そして寝ぼけ眼でこちらを見て、ぽかんとしていた。

「へ、な、え？」

「あなたが占い師さん？」

ミューリの問いに、娘は目をぱちくりとさせる。

「デュラン選帝侯より命を受けて、あなたを捜しにきたのです」

そう告げた途端、どこか子供っぽかった顔が引き締まる。

「あなたの短剣はここ。大声を上げても、届くのはお魚さんくらいだね」

鼠たちがすでに枕の下から短剣を引っ張り出し、ミューリがそれを手に取っていた。

さりげなく右手で枕の下を漁っていた娘は、息を呑んで体を引く。

「誤解なさらず。私たちは無理やりあなたを連れ戻しにきたわけではありません」

自分がそう言うと、娘はこちらを見て、それからまたミューリを見て、最後にイレニアを見る。困惑しているのは、不義理をした選帝侯からの追手としては、奇妙な面子だと思ったのだろう。

「……じ、じゃあ、どう、し……げっほ、ごほっ」

緊張と混乱からか、つっかえながらしゃべった挙句、咳き込んでいた。

それで少し落ち着いたようで、もう一度言った。

「いや……え？　どうして、ここが？」

その言い方から、この娘は積極的に逃亡に加担したのだろう、とわかった。

まず見つかる心配はないはずだったのにと、そういう戸惑いが見えた。

「簡単だよ。私たちは世界を旅してきたんだからね」

得意げに胸を張るミューリの頭を小突いてから、軽く手掛かりを教えておく。

「次に逃げる時は、本を買うのを我慢することをお勧めします」

娘はこちらを見て、それから抱きしめながら寝ていた大判の本を見て、がっくり肩を落としていた。

「本か……」

「それに、星の観測には道具と場所が必要です。自ずと行き先は絞られてしまいます」

そう言ったのは、上の階に繋がる梯子を登り、上階の様子を覗いていたイレニアだ。

星の観測道具が置いてあったのだろう。

「ううぅ……なんなのよ、あいつら、絶対ここならばれないって言ってたのに……」

見た目の年齢は、ミューリやイレニアより一回りは上だろうか。

けれど妙にしぐさや口調が子供っぽく、いささか少年めいていた。

いかにも好きなことだけに没頭して生きてきた、という感じだ。

「あいつらとは、ルウィック同盟のことですか？」

娘は黒い瞳でこちらを見て、唇を尖らせてそっぽを向く。

自分の肩から力が抜けたのは、まるっきりミューリみたいだったから。

慣れた雰囲気にほっとした。

「ちょっと、お話しませんか」

娘はしばらく無視していたが、ミューリがしびれを切らしそうになる頃、横目にちらりとこちらを見て、ため息をついてうなずいた。

火を熾し、湯を沸かす。

ついでにその火を使い、ミューリが上の階でヴァダンたちに向けて合図を出していた。

自分も少し覗いてみたが、ウーバンの塔よりだいぶ小ぶりながら、星を観測するためのあの半円形の鉄版と、弓矢のような大きな針を組み合わせた装置があった。

「アマレット」

娘がふてくされたように呟く。

数瞬遅れて、自己紹介だとわかった。

「私はトート・コルと申します。こちらはイレニアさん。あのお転婆がミューリです」

娘は沸かした湯を啜り、首をすくめる。

「それで？　どうしてあんな山奥からわざわざきたわけ？」

ぶっきらぼうに言う様子は、悪戯がばれて開き直ったミューリそっくりだ。

「デュラン選帝侯が窮地に立たされています。侯は、権威を取り戻す最後の手段として、あなたに蝕の予言を依頼したものの、あなたはその日付けを抱えたまま逃亡した。そうですよね？」

アマレットは湯を啜り、忌々しそうに熱い息を吐く。

「そういうことになってるんだ」

「……」

言葉を返さず、アマレットの目を見つめ返す。

子供みたいな天文学者は、気丈に睨み返した後、ふんとそっぽを向く。

「あなたたちはその言葉を信じて追いかけてきたって？」

やり手の商人は、あえて相手を怒らせてから交渉を有利に持ち込むこともある、というのをエーブの事例から知ってはいるが、アマレットのそれは単純な噛みつきに感じた。

イレニアの隣でミューリがひどく冷たい目をしているのも、多分同族嫌悪だろう。

「私はね、蝕の予言なんてできないって言ってたんだよ」

その言葉にイレニアを見やると、苦笑いを返された。

下手な嘘、というわけでもなさそうだ。

「蝕の予言は、天文学者の間で語られる伝説の奥義みたいなもの。そもそもさ、どうして黄道上の星が惑星なんて呼ばれてるか知ってるの？」

「え？」

「古代の賢人でさえ、その軌道が酔っ払いの描いた線と変わらないって結論付けたからだよ！」

惑い歩く星だから惑星、と確かにどこかで聞いたことがある。

口の中で単語を転がして感心していたら、肩を叩かれて我に返る。

小難しい話には興味のないミューリだ。

「じゃあ、あなたはなんであの山から逃げてきたの？　それに――」

と、ミューリは身を乗り出して、噛みつかんばかりの距離で言った。

「月を狩る熊を調べていたのはなぜ？」

アマレットの顔に出た驚きは、寝ていたところに闖入者が現れたことや、それが不義理をした選帝侯の放った追手と知った時とは、質が違っていた。

だからその驚きが流れ落ちた後、残っていたのは恐怖ではない。

好奇心だった。

「なに？　どういうこと？」

「聞いてるのはこっち！」

すごむミューリに、アマレットは身を引くどころか、前のめりになった。

「あなたも月を狩る熊を追いかけてるの？　その話を聞いたのはどこ？　どんな話だった？」

「う、え？」

「待って、地図がある。あなたが話を聞いてきた場所を教えて。北の山岳地帯？　それとも南の平野部？　他にどんな話を聞いたことがある？　月を狩る熊は本当にいたんだと思う⁉」

詰め寄っていたはずのミューリが逆にたじろぎ、ついに困りきった顔でこちらを見た。アマレットはベッドの上で頭を掻きむしり、頭上の吊戸棚に手を伸ばすや、折りたたまれた地図を引っ張り出している。

ミューリも好きなことの話になると周りが見えなくなる性格だが、アマレットは年季が違うようだ。

「アマレットさん」

その名を呼ぶと、ばさばさ地図を広げて食い入るように見つめていたアマレットが、ふと顔を上げた。

「あなたの欲しがる情報を、私たちはいくつか持っているかもしれません」

ル・ロワが他の書籍商から話を聞き集めた時のように、情報は通貨となりうる。

蝕の日付けを予言するつもりなど最初からなかったのなら、このアマレットはウーバンでなにをしていて、ルウィック同盟はどうしてこの娘をウーバンから連れ出したのか。

その問いに対する対価として、これまでの旅で聞いた月を狩る熊の話は、それなりの価値を持つはずだ。

「そもそもあなたは、ウーバンでなにを調べていたんですか？」

アマレットはこちらを見る。

大きな黒い瞳が、子供のようにこちらを見つめている。

その真剣な顔は、昨晩見た化け物の話を大人に聞かせる子供のような、そんな感じだ。

「話しても、どうせ信じないよ」

ただ、差し挟まれたその一言が、このアマレットと無邪気な子供を隔てていた。

毎日星を眺めることが、世間ではどれほど馬鹿げているかを、嫌というほど知っているかのように。

「私たちは、人骨を運ぶ幽霊船に出会ったことがありますよ」

だからそう言った。

アマレットの信用を勝ち取るというより、安心させるためだったかもしれない。

なにせこの娘は、夢みたいな話に夢中になっている時の、ミューリそっくりなのだから。

「え……？　な、なにそれ。幽霊船？」

「種明かしをすれば、密輸船だったわけですが、詳しい話を聞きたければ対価が必要です」

好奇心旺盛なアマレットは、その餌を無視できなかった……というより、こちら側に理解があることを悟ったのだろう。

「わかった、わかったよ。あの山岳地帯には、月を狩る熊の伝説が残ってる。私はそれを調べにいってたの。なぜ月を狩る熊を追いかけてかというと、あんまり言いたくないんだけど、私の母親が占星術師で、因縁があったから」

天文学者と占星術師は紙一重。

さらに、因縁という一言に、ミューリが息を呑む。

もしやアマレットの母親は人ならざる者、あるいはその血を引く者なのか?

ミューリやイレニアと顔を見合わせてから、尋ねた。

「月を狩る熊を、見たことが?」

精いっぱい言葉を選んでの問いに、アマレットは肩をすくめる。

「ある意味ではね」

「え⁉」

「あなたたちだって、彗星くらい見たことあるでしょ?」

話が繋がらない。

その困惑が顔に出ていたのだろうが、アマレットは無学な民に呆れる専門家然とした顔をしていた。いや、呆れていたのは、まさかこんな話に本当に食いつく奴がいるとは思わなかった、という意味かもしれなかったが。

「月を狩る熊ってのはおとぎ話。あれは流れ星の喩えだよ」

「……」

月を、狩る、熊。

夜空に腕を振り上げ、月を叩く。

その叩かれた月は……夜空を滑り落ちる?

そして滑り落ちた巨大な星が大地に落ち、精霊たちの時代を終わらせた？

そんな連想に引きずられるこちらを見て、むしろアマレットは怪訝そうな顔をしていた。

「嘘だよね？　まさか、本当に月を狩る熊がいるとでも思ってたの？」

今あなたの目の前にいるのは、巨大な羊の化身と狼の血を引く娘ですよと言いたかったが、ぐっとこらえる。

それにウィンフィール王国にいる黄金の毛を持つ羊は、かつてその月を狩る熊から逃げた時の話を聞かせてくれた。

月を狩る熊は、かつて間違いなく、実在した。

「じゃあ、あの山の街も、星が落っこちてできたの？」

ミューリが一歩一歩雪道を踏みしめて進むみたいな口調で、そう言った。

カナンも語っていたことだが、ウーバンの土地は奇麗な盆地になっていて、いかにも天からの一撃が加えられた跡のようだ。

するとアマレットは、話が早いとばかりに不敵な笑みを見せた。

「あの地形を見たら、やっぱりそう思うよね？　でも、私は違うと思うんだよね。だって、肝心のウーバンの地には、その手の話がまったく残ってなかったんだから」

「……」

ミューリの顔が嫌そうに歪むが、アマレットにはそういう反応が嬉しいらしい。

こんなふうに真剣に話を聞いてもらえることそのものが、滅多にないのだろう。

「だからある意味で外れだったんだけど、あのウーバンの王様は、私がこの土地に調査しにきた理由と、協力を求めると、ものすごい乗り気になったんだ」

しかしそう話すアマレットの顔からは、急に元気がなくなっていく。

残ったのは、疲れたような、途方に暮れたような薄い笑みだけ。

「変わり者の貴族様ってのは少なくないから、その手の人なんだろうって思ったけど、すぐに気がついたよ」

ベッドの上で胡坐をかき、肩をすくめるアマレットは、市場で商人から偽物を摑まされた、世間知らずのような顔をした。

「あの王様は、私が蝕の予言を研究してるんだって思い込んだみたい。月を狩る、熊だからね」

手を振り上げて、星を狩る真似をする。

その星が夜空を滑って落ちてくれれば流れ星と呼ばれるし、突然空から姿を消してしまったならば、その現象にはまた別の名前がつくことになる。

つまり、蝕だ。

「あの塔に立派な星の観測器具まで作ってくれたけど、途中で王様の思惑に気がついた時には後の祭り。あの部屋は、外からしか鍵が開閉できないようになってるからね」

　逃げないように。

　選帝侯の、最後の頼みの綱として。

　アマレットはできもしないことを求められ、幽閉されていたことになる。

「ではあなたは、ルウィック同盟から逃げ出す話を持ちかけられ、渡りに船と？」

　イレニアの問いに、アマレットは首をすくめる。

「そりゃそうでしょ？　あんな山の中から自力で逃げ出すなんて、まず無理だもの。とにかく連れ出してもらえるならなんでもするって言って、逃げ出したわけ」

　ルウィック同盟は、ウーバンのことをうまい汁を吸える相手としてしか見ていなかったろうから、デュラン選帝侯が権威を取り戻すようなことは避けたかったはず。

　そしておそらく、選帝侯の動向を見張るための協力者が、宮廷内にいたのだろう。

　ならば同盟の背後に教会がいて、蝕の予言によって失われた権威を取り戻そうとするような、そんな大掛かりな陰謀はない、ということだろうか？

　ウーバンからいかにして逃げ出したかを語るアマレットは、嘘をついているようには見えない。イレニアとミューリが疑うようなそぶりを見せないことからも、そう信じられる。

「でも、あなたたちに摑まっちゃった」

　アマレットはあっけらかんと言って、肩を落とす。

「見逃して……くれない、かな？」

卑屈な笑みは、精いっぱいの強がりだったのかもしれない。

普通に考えれば、権力者からの要求が無理難題だったとしても、そこから逃亡するようなことをすれば、待っているのは過酷な処罰だ。

もちろん自分としては、アマレットがそんな目に遭うのを座視するつもりはない。

ただ、色々考えなければならないことがある。

同じようにあれこれ選択肢を検討しているイレニアとも目配せをしていると、アマレットは、自分たちが選帝侯の忠実な番犬ではないとようやく確信できたのかもしれない。

少しほっとしたような顔で、こう言ったのだ。

「自分の運命が決まる瞬間なんて見たくないから、それまで星を見ててもいいかな。その、ここ数日ずっと曇ってたけど、今晩はようやく晴れそうだし」

上階を指さすアマレットに、自分は同情していたのもあって、うなずいた。

「ええ。私たちは選帝侯から依頼を受けていますが、あなたの敵ではありません。安心してください」

アマレットは少し泣きそうな笑顔を見せてから、「ありがとう」と言った。

そして梯子を登り、上の階に行くのを見送ると、イレニアがふうとため息をつく。

「どうしましょう?」

アマレットの言葉を信じるならば、選帝侯に持ち帰るべき手土産は、そもそも存在しないことになる。アマレットは、蝕の予言など研究していなかったのだから。

それでも選帝侯に恩を売るつもりならば、アマレットを連れて帰るべきだが、それが正義に適うことだとはあまり思えない。

デュラン選帝侯がアマレットを処刑しないとしても、手放すとは思えないからだ。おそらくまたあの塔に閉じ込め、蝕の予言を期待し続けるはず。

だが、アマレット自身が、それはもとよりできない相談なのだと明言している。

「蝕の予言ができないのであれば、無理に連れて帰る理由はありません。むしろアマレットさんの身の安全を考えるならば、連れ戻すべきではないでしょう」

権力者の無理難題に応えられず、断頭台の露と消える者たちの話は、いくらでもある。

「あとはイレニアさんたちがどうするか、ですが」

自分の言葉に、イレニアは顎を撫でる。

「星の知識を有しているのなら、協力は欲しいです。それに月を狩る熊について熱心に調べているようでしたから、その方向からも私たちの助けになってくれるはずです」

月を狩る熊は西の海に向けて旅立ったと言われ、海底にもその足跡が残っている。

西の海の果てにあると言われる新大陸といかにも密接な関係がありそうだが、月を狩る熊には依然として謎が多く、その伝承を調べることには意味があるはず。

イレニアはさらに続けた。

「問題は、アマレットさんを連れ出した後のことです。同盟は、間違いなく選帝侯に奪還されたと思うでしょう。そして同盟がアマレットさんを取り戻そうと、ウーバンに向かったとします。その結果、本当は私たちがアマレットさんを見つけていたと、選帝侯も知るはずです」

「……厄介なことに、なりますね」

薄明の枢機卿は、デュラン選帝侯を裏切ったことになる。

そしてその話を他の選帝侯や権力者が耳にすれば、薄明の枢機卿は信用するに能わず、となってしまうだろう。

教会との戦いで味方についてもらう計画に、濃い影が差す。

「となると、アマレットさんを連れ帰るのは、選帝侯の説得が前提になる……でしょうか」

「はい。ただ、コルさんなら説得できるのではないかと思います。先ほどの話が本当であれば、選帝侯は水に浮かぶ藁にもすがる、いえ、空を流れる星にもすがる思いのようですからね。王冠を死守するために薄明の枢機卿が後ろ盾になると言えば、蝕の予言などという世迷言はあきらめてくれるのではないでしょうか」

星にもすがると言った時のイレニアの顔が少し得意げだったのは、空気を和らげようとしてくれたのだろう。それに事実として、デュラン選帝侯が蝕の予言を欲しているのは、自身の権威が風前の灯火だからにほかならない。

そしてミューリもまた、すでにほぼ同じことを、別の方面から口にしていた。

蝕の予言は薄明の枢機卿がすべし。そのうえで、あの選帝侯を支えるべしと。

なので、たとえ蝕の予言が存在しなくとも、薄明の枢機卿が政治的にデュラン選帝侯を支えると約束すれば、アマレットのことは不問に付してくれるかもしれない。

「ただ」

と、イレニアは言った。

「沈む船を持ち上げるのは、相当に大変な作業になるでしょう」

その目は優しい羊のイレニアではなく、商人らしい冷たいものだった。

羊毛仲買人として広い土地にまたがった取引をするイレニアは、権力者の浮き沈みも見てきたことだろう。そのうえで、選帝侯の復活は難しいと思っている。

だから、本当は別の選択肢を取りたがっているのが、その雰囲気からわかった。

つまりアマレットを連れ出し、そのまま行方をくらますという選択肢だ。

どうしたって玉座から落ちる運命の領主ならば、下手に手を差し伸べれば巻き添えを食らう。

いや、あのエーブから気に入られている商人ならば、こう考えるのではないか。

蝕の予言も薄明の枢機卿の後ろ盾も得られなければ、あの哀れな領主は遠からず失脚する。

そうすればアマレットを勝手に連れ出した薄明の枢機卿の裏切りも、すべてはうやむやな霧の中、と。

「理屈は、わかりますが……」

デュラン選帝侯は万策尽き、自分のような若造に最後の頼みの綱を託していた。

それを利害だけで切り捨てるというのは、正しいことのように思えない。

「やはり、私は――」

そう言いかけて、言葉が止まったのは、それまで静かにしていたミューリが急に天井を見上げたから。

「ねえ、なにか、音がしない？」

「え？」

その直後だ。

がこん、というひどく重たい音が、頭上から聞こえてきた。

アマレットが観測器具でも倒したのか、と思ったのも束の間。上の階への入り口がふさがれている。

戸惑う中、さらになにかを引きずる音と、ごとんという音。

ミューリが短く息を吸って梯子に飛びつき、栗鼠みたいに駆け上がる。

だが、上の階に続く入り口はびくともしない。

「ちょっと！　なにしてるの!?　開けてってば！」

ばんばんと叩くがまったく返事がない。

籠城？　と思った時には、イレニアが動いていた。

「コルさん」

部屋の木窓から顔を出し、外を見たイレニアが呟くように言った。

「やられました」

ミューリも梯子から下りてきて、イレニアの横から外を見る。

耳と尻尾がいつの間にか出ていて、その毛並みがぶわりと膨らんだ。

「兄様」

ミューリは胸元から麦袋を引っ張り出し、きんきんに狼の耳を尖らせている。

状況はすぐにわかった。

ミューリはこの部屋に入った際、まずなにをした？　灯台の機能を使って、海上にいるヴァダンたちへと連絡した。

ならば、そう、警戒して然るべきだった。凄腕の天文学者が、子供みたいな間抜けのはずがないのだから。

話し合いの結果が怖いからと、上の階に行かせたのが運の尽き。

その間にアマレットは、ミューリと同じように灯台の機能を使って、街にいる仲間に連絡を取ったのだ。

「あの速さは馬ですね。松明が五、六……。丘を駆け上がってくるのに、そんなに時間はかかりません」

アマレットは自分たちにあれこれ話すことで降参したと見せかけて、助けを求める機会をうかがっていた。彼女にとってみれば、自分たちは令状を携えた捕縛吏となんら変わらない。信じるべきは、すでに味方であることが証明されているルウィック同盟だろう。

「兄様、どうする？」

問われても、即座に動けなかった。

それは、アマレットに裏切られて心を痛めていたから、なんて感傷的な理由からではない。純粋に天秤の釣り合いの話だった。

アマレットが蝕の予言を成し遂げているのであれば、あらゆる危険を引き受けてでも、身柄を確保しなければならない。もしもルウィック同盟を通じ、教会がその日付けを手に入れていたら、教会との戦いでどうしようもなく不利になる。

けれどそうでないのなら、同盟と全面的に争うことになる危険を引き受けてまで、アマレットを連れ出す利益があるのかどうか、確信が持てなかった。

これがたとえば、同盟に囚われたままではアマレットに身の危険が及ぶようだったら、まだしも無理に連れ出すという選択が取れる。

しかしアマレットは自分たちの目を欺き、同盟に助けを求めていた。

であれば、アマレットのことはここで見逃したほうが、全体として混乱は少なくなり、しかもアマレットも安全なのではあるまいか。

蝕の予言はないと主張するアマレットを連れ帰っても、選帝侯は蝕の予言にすがり続けるかもしれない。自分の説得に耳を傾けず、アマレットを締め上げ、存在しない予言の日付けを吐かせようとする可能性は否定できなかった。

可能性はいくつもあって、どれかは間違いなく沼の底のように暗い結果をもたらすだろう。

完全な正解を選べるなんて思い上がりはないし、それは神にしかできないことだ。

しかし、自分にできる限りのことを、可能な限りやるべきだ。

「私たちは――」

アマレットをあきらめ、逃げる。

そう言おうとした瞬間、恐るべきことに気がついた。

アマレットは自分たちを欺いて、仲間と連絡を取っていた。

ならば、先ほど語っていたこともまた、嘘なのではあるまいか？

「本当は……蝕の予言を……？」

堂々巡りだが、もしもこの賭けで裏目を引けば、取り返しのつかないことになる。

空から天体が消えるという蝕を予言できれば、物乞いですら賢者になれるのだ。

権威の揺らいだ教会は人々の信頼を取り戻し、地上では誰が神の摂理を代理するのかといやおうなく知らしめることができる。

ぽっと出の薄明の枢機卿など、簡単に蹴散らせるだろう。

だとすれば、天秤の傾きは、こうではない？

その傾きが示す答えは。いや、しかし。

「コルさん」

肩に手を置いてきたのは、イレニアだった。

「商人の鉄則です。良い商品との出会いは、一期一会。まずは手に入れてから、後のことを考えるべきです」

イレニアは、あのエーブに雇われた仲買人なのだった。

この期に及んで見せたのは、自信に満ちた優し気な笑顔。

けれどその笑顔は、膨大な量の羊毛を積み込んだ船を送り出した後、船が嵐に巻き込まれても笑って話せる類の博打うちのものだ。

本人曰く、ミューリより少しお姉さんとのことだが、その肝の座り方から絶対に嘘だと思う。

それに、自分はオルブルクで学んだはずだ。泥の跳ねを気にしていては、なにもできないのだと。正しいことは、正しいだけでは、この世の中で正しくあり続けられないのだと。

正しさを強引にでも引き寄せるべき瞬間が、世の中にはある。

自分に足りないのは、その強引さだ。

「では、この賭けは――」

息と言葉を呑み、祈るように吐き出した。

「ミューリ、下からくる人たちの相手を頼めますか？」

やきもきしていた狼の娘が、目を見開いて牙を見せた。

「任せてよ！」

ミューリは早速服を脱ぎ始める。

「イレニアさん、天井を？」

「もちろんです。少し下に避難していてください。崩れてしまうかもしれませんから」

腕まくりをするイレニアは相変わらず細腕の乙女だが、いつの間にかふわふわの髪の毛の隙間からはごつい羊の角が現れて、目の鋭さが増している。

その真の姿は、不届きな商会を建物ごとひっくり返せるような羊なのだ。

『ほら、兄様！』

振り向けば、狼の姿になったミューリが、こちらの服の裾を噛んで引っ張っていた。

なんだか不機嫌そうなのは、イレニアをじっと見過ぎたからだろうか。

ミューリが脱ぎ散らかした服を拾い、急かされながら、階段を下りる。

その間にもう一度振り返った時、イレニアは梯子を両手で摑み、天井に突き立てようとするところだった。

螺旋状の階段を一階分くらい下りる頃、頭上から重く腹に響く音が聞こえてきた。

ミューリはとっくに風のように一階を目指している。

階下から馬のいななきと、男たちの怒声、それに鉄の扉に取りつく音がする。

自分にできることはなにもないが、せめて誰も怪我をしないでくれと神の御加護を祈った。

野太い怒鳴り声が驚愕のそれに変わり、そして恐怖の叫びと悲鳴が、街角の演劇のように立て続けに響いた後、静かになった。

それから頭上に気配を感じ、顔を上げれば、肩にベッド用の麻布でぐるぐる巻きになったなにかを抱えた、イレニアがいた。

「うー！　うー！」

思い出したように上がる呻き声は、アマレットのもの。

多分イレニアは、羊の化身とか関係なく、普段から重い羊毛を取り扱い、時には暴れる羊を取り押さえていて、力仕事に慣れているのだろう。

にこにこしている様子が実に心強かったが、少し怖い。

「下も片付いたみたいですね。船には連絡してあります。砂浜に迎えがくるはずなので、行きましょう」

階段を下りていくと、扉の前でミューリが満足げに腰を下ろし、鼠たちから賞賛を受けてご満悦だった。ミューリはこちらに耳だけ向けると、首を後ろ脚で掻いてから腰を上げ、褒めろ褒めろと頭をこすりつけてくる。

いつものつもりでやっているのだろうが、狼の姿は普通の熊くらいあるので、じゃれつかれるだけで倒れそうになる。力いっぱい押し返したところで、もっとやってと尻尾を振られる始末だ。

その間にも鼠たちが綱を咥えて男たちの上を走り回り、器用に縛り上げていく。

手慣れているのは、さすが船乗りたちというべきか。

「うー!」

アマレットが呻く中、自分たちは灯台を後にしたのだった。

砂浜で出迎えてくれた小舟には、ヴァダン自身が乗り込んでいた。イレニアが肩に担ぐ簀巻きを見ると一瞬驚いたが、ため息交じりに肩をすくめていた。

「港のほうが騒がしくなってたからな、なんとなくそんな気はしてたよ」

「穏便に進めたかったのですが」

鼻で笑われたので、白々しく聞こえたのかもしれない。

アマレットは簀巻きのまま小舟の船底に置かれ、砂浜を離れてもぴくりともしない。

恐怖ですくんでいるのか、行く末を案じて息を殺しているのか。

そのどちらでもなかったのは、小舟から本船に移り、簀巻きになった顔の部分を解いたところで明らかになった。

「私をあの王様に突き出すわけ?」

挑むような目つきは、迂闊に近づけば噛みつかれそうなほど鋭い。

旅を始める前の自分ならば、怯んでまごついただろう。

けれどアマレットの前に片膝をつき、その目を正面から受け止められるだけの経験をしてきている。

「捕らえざるをえなかったのは、あなたが同盟に助けを求めたからです」

「……」

アマレットは目を逸らし、どうだか、と言いたげな顔をしている。

もちろんアマレットの視点に立てば、ああするのが合理的だというのもわかる。

「私たちはデュラン選帝侯を裏切りたくはありませんが、あなたを絶対に突き出そうと思っているわけでもありません」

「はんっ。ただの使い走りになにができるんだ？」

ベッドの上では書庫に籠もった本の虫、という頼りない感じだったアマレットは、すっかり地が出ている。どこかの教会に属していたり、貴族の血筋でもない者がやるには、天文学者というのは気楽な商売ではないのだ。

野良犬みたいに敵意むき出しのアマレットに、人に戻っていたミューリがなにか言おうとしたのを手で制する。

「私は、トート・コルと申します」

「はあ？　それがなんだって――」

アマレットは言いかけ、物陰になにか奇妙なものを見た、というような顔をした。

「またの名を、薄明の枢機卿と」

「っ」

アマレットは息を呑み、口をあんぐりと開けていた。

隣でミューリが腕を組み、得意げに胸を張っているのには気がつかない振りをする。

けれどアマレットは、ほどなくまた険しい顔に戻った。

「そ……そんな見え透いた嘘に騙されると思うのか？」

希望の町オルブルクでは、偽者が本物だと妄信されていたことを思うと、なんとも皮肉な展開だが、現実はこんなものだろう。

「あなたの疑念はとても理解できます。私自身、このふたつ名に未だに慣れませんから」

肩を落としたこちらの様子が、実に真に迫っていたのか、あるいは嘘にしてはあまりに突拍子もないせいか、アマレットの疑わしそうな顔から勢いがなくなっていく。

「それに状況的には、私が薄明の枢機卿であったほうが、あなたにとってもよいことかと思いますが」

簀巻き状態のアマレットは、痛いところを突かれたという顔をしていた。

「私がどこの馬の骨とも知らぬ若造ならば、デュラン選帝侯に注進申し上げることなどできませんからね。このまま粛々とあなたのことを引き渡し、後は野となれ山となれ。駄賃をもらって酒場に向かうだけです。するとあなたは、遠からず断頭台に連れていかれることでしょう」

頭が流れ星みたいに落ちちゃうね！　とミューリが脅かしていたので、ため息と共に、少し離れたところで様子を見ていたイレニアに目配せをする。意を察したイレニアは、微笑みながらミューリを連れてこの場から離れていった。

「いかがですか？」

アマレットの視線が下がる。

「アマレットさん。あなたが本当は蝕の予言をできるのかもしれないという可能性のため、状況がこじれています。あなたは……」

「蝕の予言をできるのですか、できないのですか？」

言葉を切ると、両膝をついて、罪人に告白を促すように、まっすぐに見据えた。

もちろん、正直に答えてもらえると無邪気に期待したわけではない。

期待したのは、アマレットの賢さと、その強さに対してだ。

状況をきちんと理解していれば、どう振る舞うべきかは理解できるはず。誰を信用すべきなのかを、きちんと見定めてくれるはずだった。

アマレットの視線が下がり、黙考する。

そして、ゆっくりと言った。

「私の言葉など、誰も信じないんだよ」

破れかぶれの捨て台詞、という感じでもなかった。そこには、なにか今までの長い時間によって降り積もった、とても重い澱のようなものが感じられた。

この娘は、奇妙なおとぎ話を追いかける天文学者。

自分は灯台での話を思い出した。

「それは、あなたのお母様のことと関係が？」

母が占星術師だった、とアマレットは言った。

占星術師と天文学者は紙一重。

しかしその紙一枚分の差が、異端と正統とを分けるのだ。

「なんだ、私も異端審問の火にかけようってことか？」

アマレットの攻撃的な笑顔の向こうに、その過去が透けて見えるようだった。

そして同時に、どうしてアマレットが月を狩る熊の話に執着するのかも、見当がついた。

「あなたのお母様は、流れ星を巡る占いかなにかで、異端審問官に目をつけられたんですね？」

どこかの村で、ある夜に流れ星が観測される。それを吉兆とする地方もあれば、凶兆とする地方もあるが、その判断を下すのは、大体が聖職者だ。

しかし辺鄙なところであれば、教会があってもそこには酒飲みで無学の司祭がいるだけで、星の意味など到底わからない。

そういう時に人々が頼るのが、村の占い師だ。

男手のない女だけの家は、時として占いや薬草などを用いた呪術で生計を立てている。異端の温床でもあるが、教会の教えが届きにくいところでは、今でも必要とされる職業だ。

「へっ。だからなんだ。見識の高さを褒めてほしいのか？」

「私はデュラン選帝侯と同じくらい、あなたのことも助けたいと思っています。けれどなにが本当のことなのかわからなければ、それもままなりません」

難しいのは、すでにアマレットが嘘をついて、演技をし、自分だけではなくすべての者たちを欺いているからだ。

希望の町オルブルクでは、偽者の薄明の枢機卿はすぐに偽者だとわかった。

だが、人の心の中からくる嘘はそうではない。

ましてやそれが、自らを守るため、あるいは辛い過去から様々なものを守るためだとすれば、なおのことなにを信用していいのかわからなくなる。

「アマレットさん」

その呼びかけに、アマレットが初めて怯えたような顔をした。

それは、自身の運命がここにかかっていると理解したから、ではないだろう。

助けを求めようとしても、自身の口から出る言葉には信用がないのだと、本当の意味で気がついたからだ。

「月を狩る熊」

そこに、妙な一言が挟まった。

発したのは、アマレットではない。

イレニアによって引き離されていたはずの、ミューリだ。

「月を狩る熊を追いかけてたのは、本当のことでしょ？」

自分以上に、アマレットがぽかんとして、ミューリを見つめ返していた。

「あんな山奥にまで行って、その話についてなにか探し回ってたのは、嘘じゃないでしょ？傭兵の王様が王様として期待外れだっていうのは誰が見たって明らかだもの。蝕の予言みたいな凄いことを餌にしてまでわざわざ取り入る理由なんてない。だとすれば」

ミューリは腕を解く。

「本気で月を狩る熊を追いかけていた。でしょ？」

灯台では、詰め寄ったつもりが詰め寄られ返され、逆に戸惑っていたミューリだが、その時の鬱憤を晴らすかのように、大上段に語ってみせる。

「それにちょっと不思議だったんだよね。月を狩る熊の話を熱心にしたからって、本当にあの傭兵の王様が話に夢中になっちゃって、この人を塔の上に閉じ込めるかなって」

その言葉には、イレニアも興味を引かれていた。

「すぐに女の子を部屋に閉じ込めようとする、兄様じゃないんだから」

冷たい視線をこちらに向けたミューリは、目が合うとにこりと笑ってみせた。

文字を覚えさせるために椅子に縛りつけたことを、今でも根に持っているのだろう。

「しかもあの山自体には、月を狩る熊の話が残ってなかったって言ってたよね。それも妙だと思ったの。だとしたらあなたは、どこに残った話を追いかけていたの？」

そうだ。そのことがあった。

「それって、どんな話だったの？　あの傭兵の王様が惑わされて、ありもしない星に手を伸ばそうとしちゃうほどの、なにかだったんじゃないの？」

顔を近づけて問いかけるミューリに、アマレットはなにも返さない。

けれど、身を引くことはなかったし、顎さえ引かず、ミューリの視線を受け止めていた。

気の強さではニョッヒラで一番だったミューリは、もちろんにらめっこも強い。

このままずっと睨み合い続けるのではと思った時、船が大きく揺れた。

沖合の波の高いところに出たのだ。

甲板に自分たちがいたら、アマレットの視線があるのでヴァダンたちも本気で操船できず、迷惑になるかもしれない。

甲板下へと促そうとしたその時、アマレットが言った。

「私は、蝕の予言なんてできないし、興味もない」

自分やミューリが驚いて視線を向けても、アマレットは顔を上げなかった。

ただ、訥々と言葉を続けていった。

「私の目的は、月を狩る熊の……いや、月を狩る熊が、狩ったその星を見つけること」

天性の詐欺師というのは、自分の嘘を誰よりも本気で信じている、なんて聞いたことがある。

その点で、希望の町オルブルクにいた詐欺師は、二流だったのかもしれない。

顔を上げたアマレットは、ミューリを見つめ返している。

その力強い瞳に、少なくともミューリは、木の棒を見せられた犬みたいな顔をしていた。

「どういうこと⁉」

耳と尻尾を出しそうになった瞬間、再び船が大きく揺れた。

「くそ、追手だ！」

舵に取りついていたヴァダンが叫ぶと、ミューリが目を丸くしていた。

「あんなに縛っておいたのに⁉」

「彼らではないでしょう。アマレットさんを連れ戻しにきた人がいるとすれば、港以外のところから上陸するはずと当たりをつけた、別の人員でしょう」

相手も海千山千の商人同盟だ。いつまでも出し抜け続けられるわけではない。

「向こうの船は小ぶりで、櫂の漕ぎ手も積んでやがる！　追いつかれるぞ！」

ヴァダンの言葉は、とっととアマレットを連れて甲板下に行け、ということだ。

手下のすべてが人に化けられるわけではなく、全速力を出すには鼠たち全員で力を合わせなければならないが、アマレットにそれを見せるわけにはいかない。

イレニアがすぐに動き、簀巻きのままのアマレットをひょいと肩に担いでしまう。

そのアマレットが、ミューリを見てもう一度言った。

「私は月を狩る熊の、狩った星を探しにいったんだ。月を狩る熊は、異教徒が語るただの作り話なんかじゃない。母さんは……嘘つきなんかじゃないと証明できるはずなんだ！」

身をよじるのは、イレニアを振りほどこうとしているのではないだろう。

自分の身体にまとわりつく、黒い過去を振り払おうとしているのだ。

アマレットの母親は、流れ星の意味を問われ、なんらかの占いをした。それが村人たちに悪い結果をもたらしたのか、あるいは偏狭な聖職者の耳に入ったかして、運命が暗転した。

しかし、これもまた演技でないと信じられるのだろうか？

母親が連れていかれる時、きっとアマレットは今と同じように、叫んだはず。

灯台でのとぼけた様子には、全員が騙された。

だが。

「聞かせてください」

ミューリと共に、肩に担がれたままのアマレットの前に立つ。

ここでアマレットを疑うのであれば、聖職者を志すべきではないのだから。

「あなたはどうして、ウーバンにやってきたんですか？」

アマレットは顔をゆがめ、ついに泣き出してしまう。その泣き顔は見た目よりも幼く、おそらくは、もっとずっと前に流しているべき涙だった。

それは子供の頃、占星術で糊口をしのいでいた彼女の母が、異端審問官に連れられていく時に流すべきだったものだ。

「私は、私は……」

アマレットの過去はもう変えられないが、未来は引き寄せることができる。

ただ、そのためには今を乗り越えなければならない
「コルさん、ミューリさん。アマレットさんをお願いします」

アマレットを担ぎ上げていたイレニアがそう言ったのは、ヴァダンが仲間たちに新たな指示を出しているのを見たからだ。

泣きじゃくるアマレットを肩から下ろし、冷静に言った。

「敵船に追いつかれます。ちょっと大きく揺れるかもしれないので、気をつけて」

どういう意味かは問わないでおいた。イレニアが本気になれば、近づいた船を夜の闇の中で木っ端みじんにできるだろう。

ミューリが腰の剣で簀巻きの縄を切ってから、自分とミューリでアマレットに肩を貸し、甲

板下に下りていく。念のため、頭上の扉を閉じておいた。

たちまち暗闇が落ちるが、ミューリが廊下の扉を開けると、出航前にみんなで作戦を練った部屋があった。地図が広げたままになっていて、ミューリが壁の木窓を開ければ外からの明かりでだいぶ明るくなる。積み上げられた木箱のひとつに、アマレットを座らせた。

甲板上は今頃戦場だろうが、ここにいると波音しか聞こえてこない。

不思議なおとぎ話をするには、相応しい場所だろう。

「それで？」

ミューリがアマレットに尋ねた。

幼子のように泣いていたアマレットは、濡れた目ですがるようにミューリを見た。

「取りつかれるな！　片っ端から鉤縄を切れ！」

船室の壁に切られた小さな窓を通じ、ヴァダンの声が聞こえてきた。窓の外には、すらりとした敵船の船腹が近づこうとしている様子が見えた。

海戦の定石として、相手の船に追いついたら横付けし、鉤縄で船体を引き寄せて固定したうえで、短剣を咥えて乗り移って制圧するらしい。短剣を咥えて、のところはミューリの空想かもしれないが、それ以外は概ねそのとおりに進んでいる。

ただ、相手側の船が速度重視で小ぶりの船だったため、沖合の波に翻弄されているようでもあった。

イレニアの出番を待たずして、もしかしたらこのまま逃げきれるかもしれない。

「それで？　さっきのお話、続きを聞かせて」

天井に顔を向けていたミューリは、視線を戻すとそう言った。

アマレットは視線を上げず、さりとして取り乱しもせず、訥々と話し始めた。

「私は……ウーバンから遠く離れた南の地で、月を狩る熊の話を見つけたんだ。それは、古い修道院に残されていた、古代帝国軍の千人隊長の日記だ。不完全な形でしか残っていなかったけど、調べるうちに、その隊長が目指していたのは北の地であり、そのために、まだウーバンと呼ばれる前のあの土地を通過しようとしていたのだとわかった」

地図を見れば明らかなのだが、古代帝国の中枢が置かれていた都市から、北にまっすぐに線を引くと、ウーバンを突っきることになる。そして古の時代には、まさにその線のとおりに道が通っていたようだと、カナンは語っていた。

「その日記では、進軍が突如妨げられ、作戦の失敗で終わっていた」

「その原因が、月を狩る熊？」

アマレットはうなずきもせず、ただ瞼を閉じただけ。

「月を狩る熊が星を落としたせいで、道が塞がれた、と書かれていた。多くの兵が巻き添えになったと。あらゆる谷間で濁流のように岩石が溢れ、なにもかもを飲み込んでいったと。そして、軍神バマスに誓い、これを真実だとすると」

おそらく暗記するほど読み込んだのだろう。

アマレットは淀みなく語ってみせる。

古代帝国の千人隊長が記した行軍日記。

昔の人間が迷信深いのはよく知られたことだが、アマレットがそうでない保証はない。

「あなたはその、落ちてきた星を見つけられると？」

「見つけられる」

「どうやって？」

ミューリが嚙みつくように問いを重ねる。

疑っているというより、答えを待ちきれないという感じだ。

「日記には、詳細な星図と時刻が記されていた。千人隊長は、どの星が落ちてきたのかを確かめようと、同行していた学者に星の様子を描かせたとあった。普通なら笑うところだ。あまりに馬鹿げている。だが――」

「星図が、正確だった？」

自分の問いに、アマレットは初めてうなずいた。

古い書物のほとんどは、内容などろくに読まれないまま焚きつけにされるか、運が良ければ新しい本の厚さの調整に使われるのが関の山。

ただ、時には奇跡が起きて、その一部を天文学者が見つけることもある。

そしておとぎ話の中に、現実を見抜いた者がいたのだ。

「世界のあちこちで、信じられない根気と執念で、星を記録し続けている人たちがいる。古代から現在まで、星の物語を語り継いできた人たちの成果を見れば、その星図がどこから描かれたものかを突き止めることができる。星を見れば、どこで誰がなにをしていたかを言い当てられる、占星術のようにな」

アマレットはそして、唇を噛んだ。

「母さんも、その一人だった。あの流れ星の占いは、決して非難されるようなものではなかった。なのに、なのに……」

再び滲んだ涙を、アマレットは力強く拭う。

「私はウーバンの塔から、今のウーバンから見える星の形を観測した。それと日記の星図を比較すれば、描かれた場所、あるいは方角をおおまかに特定できる。月を狩る熊が本当にいたと、証明できるはずなんだ」

アマレットのその目は、灯台で見せたものとは明らかに違っていた。

切羽詰まったとか、切実とか、そういう言葉では表現しようのない目には、人を飲み込むなにかがある。

突然宮廷にやってきて、月を狩る熊の伝説を調べたいと訴え出たアマレットは、必死にこの話を売り込んだのだろう。そしてデュラン選帝侯は、剣を振るよりもペンを振るのが似合う智将の性格だった。不運なことに、その見識が月を狩る熊の伝説は蝕の予言に繋がりうると思わせたのではないか。

巷間伝わる伝説では、突然起きた日蝕によって兵が浮き足立ち、勝てるはずだった戦で大敗した、なんてものもたくさんある。

月を狩る熊のおとぎ話もそれだったのではないかと、デュラン選帝侯は自分に都合よく信じ込んだのではないか。

「けれど」

アマレットは不意に力なく唇を緩め、自虐的に笑った。

「だから私をウーバンに連れていっても、見つかるのはせいぜいが、巨大な岩だけだろうさ」

巨大な岩が実際に見つかれば、それは昔話の正しさを、あるいはおとぎ話が本当だったと証明したことになるかもしれない。

しかしそれで喜ぶのは、おとぎ話に目がない変わり者くらいで、そもそも蝕の予言を巡って始まったこの騒ぎの解決には繋がらない。

ありもしない予言の日付けを探し求め、人々は争い続けるだろう。

それでも、この騒ぎの発端がなんであるかは、これでわかった。アマレットの話は、真実と信じるに足るものだと思った。

だとすれば、少なくともデュラン選帝侯と話し合えるだけの武器にはなる。

「あなたのお話には説得力があると思います。私たちの仲間の力を借りれば、デュラン選帝侯の思い込みを解くことはできると思います」

そもそも選帝侯は、他に頼れるものがなかったからこそ、蝕の予言などというものを信じ込んでしまった。ならば薄明の枢機卿が全力で政治的な支えになると申し出れば、〈雲ならぬ星を摑むような話は必要ない。

信仰だけで足りないのなら、エーブの力を借りることで、同盟に邪魔されている物流の問題も改善できるだろう。そして町の人々の生活が上向けば、選帝侯に再び敬意を抱くはず。

「ですが、問題があります」

そう言った直後、ミューリが急に立ち上がった。

船室の壁に切られた小さな窓の向こうに、敵船の船腹が迫っていた。

「摑まって！」

ミューリの叫びが掻き消えるほどの、すごい衝撃が襲った。

船室に積み上げられた荷物が震え、木箱がくずれ、吊戸棚から物が落ちてくる。

ただ、ぶつかった敵の船腹は、再びすごい勢いで遠のいていく。どうやら狙ってぶつけたというより、向こうも波に翻弄されているらしい。

それでもあきらめる様子がなさそうなのは、海を叩く櫂が動き続けていることからもわかる。彼らは、なにがなんでもアマレットを奪い返そうとしている。こんな夜の海の沖合に、速度重視の小型の船で漕ぎ出すというのは、恐ろしく危険な賭けのはずだ。

そして危険な賭けに出たのは、おそらくこのアマレットもだった。

「アマレットさん。あなたはルウィック同盟に、蝕の予言ができると約束してしまったんですよね？」

「……」

アマレットは、無言でうなずいた。

思い込みに囚われたデュラン選帝侯の下から逃げ出すには、同盟の協力を得るしかなかった。

そして目の前のアマレットには、もはや灯台で見せた飄々とした様子や、開き直った気の強さはどこにもない。

引き結んだ唇を震わせ、万策尽きて途方に暮れている娘の顔があるだけだ。

いや、それはどこかの辺鄙な村で、異端だと吊るし上げられる占星術師の母を助けられなかった時の、無力な少女の顔なのかもしれない。

アマレットが他人を欺くのに慣れているのは、過去から目を逸らすために、自分自身さえ欺いてきたからではないだろうか。

揺れのせいで、彼女は座っていた木箱から落ち、床にへたり込んでいた。その姿はひどく弱々しく、塔に囚われた姫を助け出すのは騎士の役目とかなんとか、ミューリがしていた話を思い出す。

薄明の枢機卿は騎士ではないが、自分がそもそも聖職を志したのは、寄る辺のない迷い子を助けるためだった。

そして目の前には、誰よりも道に迷い、月を狩る熊に狩られた星を探すような娘がいる。

「……お願い」

アマレットはこちらを見て、言った。

「助けて……」

自分はアマレットに手を伸ばし、ゆっくりと抱擁した。

あなたの味方はここにいるのだと、言葉ではなく示すために。

母を助けられず、せめてその名誉のために、月を狩る熊のおとぎ話を追いかけていた娘。

弱音を吐く暇などなかったろうし、どんな嘘を弄してでも生き抜く覚悟が必要だったろう。

自分は、大きく息を吸う。

この身に余るふたつ名の意味は、人々に光をもたらす夜明けだったはず。

「もちろんです」

少し乱暴なくらいにその背中を叩き、荷物を括りつける縄のように、きつく抱きしめた。

しかしすぐにその両肩を掴んで離したのは、現実が迫っているからだ。

「選帝侯を説得する自信はあります。しかし、ルウィック同盟に対して蝕の予言はなかったと信じてもらうのは、話が別です」

アマレットが彼らにそう約束したから、というだけではない。

デュラン選帝侯の宮廷に同盟の協力者がいるのなら、アマレットを島から連れ出したのが薄明の枢機卿であると、同盟側もほどなく気づくだろうからだ。

その事実は、それほどの価値がアマレットにあると彼らに思わせることになるし、もっと大きな問題がある。

「ルウィック同盟は、私のせいで高級品を扱った商売を台なしにされ、怒り心頭に発しています。オルブルクという町では、詐欺師に金を出してまで、私の名を貶めようとしていました」

アマレットはぽかんとするが、ふと視線を窓の外に向けたのは、波の高い沖合を、死に物狂いで追いかけてくる同盟の船に、彼らの怒りを見たからだろう。

「ならばその薄明の枢機卿が、あなたを奪還したうえで、蝕の予言はなかったから争う必要はないなんて言ったとしても、信じるはずがありません。同盟を説得するには、選帝侯を説得するのとはまったく別のなにかが必要になります」

船が大きく沈み、持ち上がる。

「そして説得に失敗すれば、仮にこの海の追跡から逃げきっても、彼らは兵を引き連れてウーバンを目指すでしょう。私はそうなるのを防がねばなりません」

アマレットは口を引き結び、苦しそうにうつむいてしまう。

存在しない蝕の予言を約束してしまった娘には、財産もなにもない。なんならもはや語る言葉に信用すらがない。

あるのはただ、星に対する知識だけだ。

「そこは別に、戦ったらいいんじゃない？」

そこに、ミューリがあっけらかんと言った。

「だってあの山は、守るには最強の場所だもの」

そんな単純な話では、と言いかけたが、単純な話なのか？　と一瞬思ってしまう。

いや、やはり単純ではない。

「選帝侯が兵をまとめられると思いますか？」

「他のことだったら無理だと思うよ。でも、山の人たちは海の人たちへの鬱憤が溜まりに溜まってるはずだもの。アーベルクの商人さんたち相手なら、喜んで剣を手に取ると思うな」

容易にその様子が想像できた。

ならば、戦で白黒つけたほうがかえってましということもあるのか？

一瞬だけ考えて、すぐに問題点に気がつく。

「籠城戦になります。あなたは戦の話が大好きでしょう？　籠城戦の大変さを知っているはずです」

戦記や冒険譚が大好きなミューリの隣にいれば、自分も少しは知識が増える。

ミューリは隠しごとがばれたような顔をしてから、こちらを睨む。

「じゃあどうするっていうの？」

兄様のためにわざと気楽な感じで言ってあげたのに、とでも言いたげな顔でむくれている。

そして実際、そうなのだろうと思う。

アマレットを連れてウーバンに逃げ込んでも、ウーバンには間違いなくルウィック同盟の手の者がいるから、状況はほどなく同盟側に漏れる。

怒り狂った同盟は戦を起こすかもしれないし、それでなくとも、ウーバンとの商いを拒否するだけで、あの地域一帯の物流は止まったも同然となる。

真冬でないのが救いだが、それでもたちまち食料は不足し、遠からず飢餓が広がるだろう。

しかも山には、低地よりも素早く、恐ろしい冬がやってくるのだ。

その不利を前にしても、人々は本当に一丸となって、アーベルクのルウィック同盟と戦うだろうか？　いくら鬱憤が溜まっている相手であったとしても、籠城戦は悲惨なものになることを覚悟しなければならない。

それよりはむしろ、問題の元凶となったデュラン選帝侯を玉座から引きずり下ろし、アマレット諸共にルウィック同盟に差し出すというほうがありえるのではないだろうか。

この騒ぎは、そもそも選帝侯が蝕の予言みたいなものに取り憑かれなければ、起こらなかったことなのだから。

「でもさ。兄様には悲しいお話かもしれないけど」

必死に解決の糸口を探す自分に、ミューリが冷たく言った。

「もし言葉だけでいつも説得できるんだったら、あの船だって今止められるはずでしょ?」

部屋の大きな揺れに耐えるため、ミューリは足を大きく開いて立っている。

地に足をつけているのはこちらのほうだと、示すかのように。

「それは……」

正論や懸念ばかり口にしていても、事態はなにひとつよくならない。

デュラン選帝侯はアマレットの話に夢を見てしまったし、アマレットは自らを守るためにルウィック同盟に悪い夢を見せてしまった。

この騒ぎを収めるには、皆が夢から覚める必要がある。

そのためには、巨大な角笛が必要なのだ。

「まあ、そんな話でさえも、ここを無事に切り抜けられたら、なんだけどね!」

ミューリが言った直後、波をうまく捕まえたらしい敵船が迫り、ぶつかってきた。

先ほどと違うのは、体当たりの後に、敵船が離れていかなかったこと。

壁を通じて、みしりみしりと嫌な音がする。まるで昆虫が木に噛みついて、穴を開けるかのように。

おそらく敵船から投げられた鉤縄が、こちらの船に食い込む音なのだろう。

「兄様」

ミューリの冷えた言葉に、一刻の猶予もないのだと理解する。

イレニアがいるにしても、敵が船に乗り移ってきたら応戦の必要がある。鼠たちでは心もとないし、イレニアが羊の姿で暴れ回るには、この船自体が耐えられるかわからない。

ミューリがこちらを見ているのは、狼としての応戦許可を、求めているのだ。

悔しいのは、結局、人ならざる者たちの力を借りなければならない不甲斐なさと、祈っても助けにきてはくれない神に対し、悪態をつきたくなるからだ。

しかし背に腹は代えられず、時間は限られている。

火を消すならば、燃え広がる前にしなければならない。

ウーバンと同盟のことをどうするかは、確かにここを切り抜けてからの話だ。

「無茶は、しないでください」

ミューリは大きく息を吸って、ふんと吐く。

事態が飲み込めていないアマレットがぼんやり見つめる中、ミューリは船室から出ていこうとして、ふと立ち止まった。

「あ、無茶でちょっと思いついたんだけど」

「なんです？」

「そこの占い師さんが月を狩る熊の狩った星を見つけられたら、戦は勝ったも同然じゃない？」

相変わらず唐突だが、お転婆娘はいつも唐突だ。

それに、すごく嫌な予感がしたのは、その顔がとても楽しそうだから。

「その星を引っ張り出して、あの谷間を転がせばいいんだもの。どんな軍勢がきたって、簡単に倒せるよ！」

エシュタットからの険しい道を越えて峠に立った時、作り物のような絶景が広がっていた。

こんなにわかりやすい地形がほかにあるだろうかと思わせる、山に囲まれたすり鉢状の盆地から、山に挟まれる通路のようにして谷が走っていた。

その地形は長い年月をかけ、雪解け水によってできたのだろうが、確かに見ようによってはそう見える。

大きな岩をゴロゴロと海まで転がすには、最適だと。

「あなたは、相変わらずですね……」

ミューリはそれを褒め言葉と受け取ったようで、機嫌よさそうに部屋から出ていった。

きっと馬鹿げたことを言って、こちらを安心させようとしたのだろう。

ほどなく頭上からは、剣を交える音が聞こえてくる。

アマレットはその音に怯え、頭を抱えてうずくまってしまう。

かつて占星術師の母を襲った、村人たちのことを思い出したのかもしれない。

人は無力で、それは厳然とした事実なのだ。王でさえ足元は盤石ではなく、デュラン選帝侯のようにあらぬ空想に囚われる。もちろん薄明の枢機卿だって、五十歩百歩だ。その名前に力があるとしても、それは多くの人々によって支えられた、ある種の幻想にすぎない。

しかし今までの旅で学んだことがあるとすれば、無力をただ嘆いているだけではなにも良くはならないということ。それから足元の泥が恐ろしく深く、夜明けは遥か先のことだとしても、足を止めてはならないということ。

前に進むことでしか、目的地は近くならないのだから。

「アマレットさん」

その肩に手を置くと、贖罪のようにうずくまっていたアマレットが困惑気味に顔を上げた。

「月を狩る熊の星の在処を見つけるには、どれくらいかかりそうですか？」

ただ無力に打ちひしがれているよりかは、できるかもしれないことを話していたほうがいい。

「……」

アマレットはなにか眩しい物でも見るかのように目をすがめ、それから、顔を袖で拭い、答えた。

「……日記、には、行軍の季節は……冬が終わってから、まさに今頃だと書かれていた。それで……今の、ウーバンの星の観測は、大体終わっている」

少しずつ水車に水が流れるように、アマレットは体を起こしていく。

「方角は、大体わかってる。あとは、その一帯を調べるだけだったんだ」

人の世には、もはやほぼ知る人のいない、月を狩る熊の伝説。

当時を知る人ならざる者たちもまた、その災禍を知るからこそ口をつぐむ。

歴史の中に埋没していた特級のおとぎ話が、星の光で照らされようとしている。

「……ミューリが言ったようなことって、できると思いますか？」

自分の問いに、アマレットは目を丸くし、それから疲れたように笑った。

「月の大きさはどれくらいだろうかと、過去の賢人たちも散々論争した。丸い盾を立てかけて、離れれば離れるほどそれは小さくなっていく。では、空の高さはどのくらいかって」

空に浮かぶ太陽と月、それにたくさんの星々。

「行軍日記には、見上げるばかりの巨石、とあった。立っていられないほどの地響きと、いつ終わるとも知れない岩石の濁流に追い立てられたそうだ。以来、その一帯はおよそ人の立ち入れない土地になったと。だから……星があったとして、南に向けて蹴り出すほうが、現実的だと思う」

そう話しながら、途方もない話なのに現実的とは、とアマレットも思ったのだろう。

ミューリのとんちき話のおかげで、ようやく、傷ついた娘に小さい微笑みが戻ってきた。

人々に笑顔をもたらすと謳われた、太陽の聖女様の得意げな顔が目に浮かぶ。

「あんたは、薄明の枢機卿は、教会と戦っているんだろう？　なら、南に向けて月を狩る熊の星を転がせばいい。あの娘が言ったように、転がった岩は、かつての道を逆にたどり、教皇庁まで届くかもしれない」

古代帝国のかつての中枢都市は、今の教皇庁がある都市でもある。

もちろんかつての道などもはや残ってはいないだろうし、距離も相当なものだ。

ただ、想像するだけならば実に楽しかった。ニョッヒラでも、子供たちは大きな雪玉を作っては、坂道を突き落としてげらげら笑っていた。

それに、イレニアならあるいは？　と思ったのだ。

どんな巨大な岩でも、その膂力で引きずり出せるのではないか。そして、水路の詰まりが取れるかのように、山脈にぽっかりと穴が開く様を想像した。

「もしも岩を取り除けたら、南へと続く古代の道が開けるということですしね。ルウィック同盟が西から攻め込んできて道を封鎖しても、その南の道から抜けられます。そうすれば――」

とまで言って、なにかすごく変な気がした。

それが気のせいでなかったのは、アマレットもまた、同じような顔でこちらを見ていたから。

「……南に、抜けられる？」

その呟きに、記憶の巻物を急いでめくる。

ウーバンと、アーベルク。

エシュタットから向かう、急峻な道。

それから出立前の、エーブたちとの会話。

「ちょっと──ちょっと待ってください」

もしも、もしもがいくつも重なった末のことだが、そこにはとんでもない可能性があった。

部屋の中を見回し、作戦会議で使った地図を見つけた。

大きな揺れのせいで部屋の隅っこに押しやられていた机を引き戻し、丸まっていた地図をざっと広げた。

船乗りたちが使う地図に描かれた範囲は、ものすごく広い。端から端まで旅をしようと思えば、何週間もかかる。しかもその道のりは平坦ではなく、時に山脈を迂回し、船でさえも大周りに陸地を避けなければならない。

けれど、だからこそ、エシュタットからウーバンに向かうまでのあの道には、駆け出しの商人たちが詰めかけていた。

ならば月を狩る熊の狩った星とやらは、ある種の希望の星にもなるのではないか。

地図に指を落とし、道筋をたどっていく。

まったく地に足のついていない、おとぎ話を前提にした途方もない夢物語。

しかしこの自分は、ミューリにちくちく突かれたように、理想ばかりを口にする聖職希望者ではなかったか。

だから、そう。

「人々を導くために、理想を語りましょう」

薄明の枢機卿の細腕は、ちょっとした石ですら動かせない。

しかしその手に羽ペンを持てば、今や多くの人たちが書かれたものを読みたがる。

蝕の予言のせいで多くの者たちが夢を見ているのなら、彼らの夢を覚まさせるだけが解決法ではない。

新しい夢を見せるのでも、構わないのだから。

「アマレットさん」

「う、ん？」

アマレットが、怪訝そうにこちらを見る。

「地図に星が落ちていそうな場所を書き込んでおいてください。それから、南の地の特産品に心当たりってありますか？」

「え？」

呆気に取られたアマレットの目は、綺麗な満月のようなのだった。

「おら、そっちからくるぞ！　縄を切り落とせ！　絶対に船に上がらせるな！」

甲板は文字どおりの戦場で、火矢を放たれているのか、あちこちで火の手が上がっていた。左舷側には男たちが取りつき、鉤縄を剣で切り落としたり、果敢に乗り移ろうとする敵を長い棒で押し返していた。

ヴァダンも剣を振り回しながら指揮を執り、鼠たちが列をなして補修の道具や水の詰まった桶を運んでいるような状況だ。

イレニアやミューリもまだ人の姿のままなのは、消火活動を手伝っているかららしい。頭からずぶ濡れになって、係留用の綱に燃え移った火を消していた。

「ミューリ！」

「ん、え？　兄様⁉」

空の桶を鼠たちに渡していたミューリが、こちらを見てぎょっとしていた。そんなミューリから桶を受け取った鼠たちは、隊列を組んで背中に乗せ、器用に運んでいく。なにも知らない者が見たら、桶が一人でに床を滑っているように見えただろう。

「兄様、危ないから下に……って、なに持ってるの？」

「あちらの船に乗り移りたいのですが、あなたの護衛があればいけそうですか？」

ミューリの問いを無視して、こちらから問い返す。

ミューリの目がおもちゃを追いかける猫のように上下したのは、自分の非力さだと微妙に重い木細工を持っていられず、肩に担ぎ直したからだ。

「よいしょっと……。どうですか？　護衛を頼めますか？」

重ねて問うと、濡れた前髪からしずくが垂れるくらいにたっぷり間を開けたミューリは、ようやく我に返っていた。

「も、もちろん大丈夫！　だけど……」

その目がどこか疑わしげなのは、皆目理由がわからないからだ。

「でも、兄様……それで一体、なにするつもりなの？」

あなたはそれで一体、なにをするつもりですか？

自分の声が重なって聞こえたのは、まったく同じ台詞で、悪戯しようとするミューリのことを散々注意してきたから。そのたびにお転婆娘は、誤魔化そうとしたり、泣き落とそうとしたり、逆になぜか怒ってみたりと色々な反応を示した。

自分の反応は、自信に満ちた笑顔だ。

「まさか……」

「そのまさかです。あなたは、すべてが話し合いで解決できるのならば、あの船を言葉だけで止めてみせろと言いましたよね？」

ミューリが驚き、困惑し、ついに泣きそうな顔になったのは、自分が肩に担いでいるのが、ありあわせの木材で作った教会の紋章だからだ。

「兄様、そんな——」

あてつけだ、と思ったのだろう。それとも、やけくそと思ったのか。あるいは追い詰められておかしくなってしまったのかと慌てたようだが、もちろん、そのいずれでもない。

「護衛の件は、イレニアさんにお願いしたほうが良さそうですか？」

ミューリは驚いたように耳と尻尾の毛を逆立てて手を振った。

「わたっ、私が護衛するよ！　でも……」

「ではお願いします。これは白旗みたいなものです。とにかくいったん向こうに矛を収めてもらいたいのです」

肩に担いだものを揺すると、それに釣られてミューリの視線も上下する。

「ほら、早く狼になって」

「う、うん……」

それでもまだ戸惑った様子のミューリを見て、やはり普段の兄を兄とも思わぬ態度は、こちらが甘すぎるせいなのかもと思った。

兄として、あるいは薄明の枢機卿として威厳を保とうとするのなら、普段からこのくらい強気の態度でいたほうがいいのかもしれない。

そんなことを思いながら、ミューリが慌てて準備するのを待っていたら、右舷側で桶を海に投げては舷に足をかけ、勇ましく引っ張り上げていたイレニアと目が合った。

やり取りを聞くでもなしに聞いていたらしいイレニアは、にこりと微笑み、火に覆い被せて消火する用の麻布に水をかけていた。

『兄様』

振り向くと、狼姿のミューリがいた。

普通の狼よりもふた回りは大きく、じゃれつかれると簡単に転ばされてしまう。

だが、いつもよりやや気弱な感じで耳を垂らしていると、妙に可愛らしく見えた。

頭をわしわしと撫で、敵船のほうを向いた。

「敵を蹴散らして、飛び移れるようにしてください。アマレットさんには、甲板下の船室でちょっとした仕事を頼んでいますから、しばらく上がってきません。思いきりやってください」

ミューリはこちらの指差した方向を見て、ぶるぶると濡れた毛を乾かすように体を振る。

大好きな荒っぽい仕事を任されて、ようやくやる気が戻ってきたようだ。

『飛び移る時に、海に落ちないでよ？』

憎まれ口も、主導権を握られていることへのささやかな仕返しのようだ。

「その時はまた、あなたが助けてくれるでしょうから心配していません」

『……』

ミューリはものすごく嫌そうな顔をして、こちらの身体が折り曲がるくらいに顔をこすりつけてくる。

『兄様の馬鹿！』

狼は吠えて、一陣の風となった。

狼姿のミューリがひらりと敵船に舞い降りると、当たり前だが彼らは夢でも見ているのかと困惑した。

「お、狼……？」

なぜ、海に狼？　いや、本当に狼なのか？

誰もが動揺して足を止めた直後、ミューリがたまたま近くにいた哀れな男を頭で突き飛ばす。

さらに襟首を噛んで振り回し、人垣に放り投げたところで、大混乱に陥った。

果敢な船乗りの評に恥じず、応戦する者たちもいるにはいた。

しかしミューリは平気で槍を噛み折るし、分厚い毛皮に覆われた体は弓矢をいとも簡単に弾いてしまう。

敵船の船乗りたちは恐慌状態に陥り、甲板下に逃げる者、帆桁を栗鼠のような勢いで登る者、矢をしまってあった箱を被る者まで様々だった。

けれど船の上では逃げる場所などなく、隠れる場所も限られている。海に飛び込む、という選択肢はさすがに誰も取ろうとしない。

こんな沖合の、しかも夜の海に飛び込めるのは、向こう見ずな少女だけなのだから。

結局多くの者たちは、武器を手にしたまま、羊の群れのように集まって互いに身を守り合いながら後退していた。ミューリが唸り声を上げて一歩前に出ると、そのまま一歩、背後の海に近づくような塩梅だ。

そんな中、ミューリの尻尾が左右に大きく揺れた。

合図を受け取った自分は、肩に即席の教会の紋章を担いだまま、船の縁に立った。

「ご安心ください。そこの狼は、むやみやたらに人を襲いません」

そう言って、舷を乗り越え、敵船にぴょんと降りた。

波で揺れているのでややよたついたが、肩に担いでいたものは落とさなかったので、まずまず及第点だろう。

「私の名は、トート・コル」

周囲を睥睨し、続ける。

「人はまた、薄明の枢機卿と呼びます」

人垣がざわつき、彼らの目に敵意の火が灯る。少なくとも突如現れた狼より、状況を飲み込みやすかったからだろう。

ただ、ミューリが頭を下げて低く唸ると、彼らは揃って子犬のように首をすくめていた。

「神の名において、休戦を要請します」

そして、肩に担いでいた即席の紋章を頭上高くに掲げてみせた。

ミューリの尻尾からは、本当にそんなものに効果があるのかと疑わし気な空気が察せられたが、ここは人の無力を痛感させる海の上。

船乗りたちが迷信深いのは、無慈悲な海を前に、その事実を嫌というほど思い知らされているからだ。

「船長はいらっしゃいますか？」

誰もが黙りこくる中、自分の声が驚くほどよくとおる。

誰も彼もが、喧嘩しているところに水をかけられた猫みたいな顔をしていた。

「俺だ」

やがて人垣の向こうから、海藻のような髭を生やした男が現れた。

ミューリの尻尾が膨らんだのは、船長が眼帯をしていたからだろう。

「マイヤー・ドネルだ。あんたが薄明の枢機卿か」

「ドネル船長。いかにも私は、そのように呼ばれています」

一癖も二癖もありそうなドネルは、忌々しそうな顔でこちらを上から下まで見て、それからミューリを見て、怯んだように顎を引いていた。

いかに彼が勇敢な海の男だろうとも、狼は本来彼らの出会うことのない山の狩人だ。

「天文学者アマレットさんについて、お話があります」

そう言うと、ドネルは唇を斜めにして、怒りに似た笑みを見せた。

「うちの縄張りから客人を奪いにきた連中がいるからと、港を急いで発ってきた。そうしたらなんと！　名高い薄明の枢機卿様が、よもや人攫いの片棒を担いでいるとはな！」

ドネルのだみ声に、船員たちもいくらか覇気を取り戻す。

彼らはよく統率の取れた船乗りのようだ。

「いいえ、その非難には当たりません。もとより彼女はウーバンにいた身。私はデュラン選帝侯の依頼により、陰謀に巻き込まれた哀れな娘を神に代わって助けにきたのです」

ドネルは黙り込んだが、こちらの言い分に納得したわけでないのはもちろんわかる。

さりとて部下たちに一斉攻撃を命じないのは、事態の趨勢を測りかねているからだろう。

彼らは多分、ルウィック同盟お抱えの船乗りなだけで、この計画を主導しているとか、そういう立場にはないのだ。あるいはもっと現実的な話として、全員を一斉にけしかけたら何人が生き残れるかと、ミューリの牙と爪を見ながら計算していたのかもしれない。

とにかく自分は、一度わざとらしいくらいの咳払いを挟んでから、言った。

「天文学者アマレットは、苦難に巻き込まれ、嘘をつかざるをえなかったと私の前で告白しました。その嘘というのが、まさにあなたたちの追いかけている、蝕の予言についてです。そんなものは、最初から存在しなかったのだと」

「……へっ。それを信じろと？」

予想どおりの反応なので、鷹揚にうなずいてみせる。

「もちろん、ただ信じろと言われて信じるのであれば、この世に聖職者はいりません。聖典が一冊あれば十分で、私のような者が教会の不正を糺すような必要もなかったことでしょう」

ルウィック同盟は、聖職者たちの豪奢な生活を支えるため、奢侈品を商うことで大儲けしていたらしい。

自分の皮肉に、ドネルは海藻のような髭を膨らませてこちらを睨んでいたし、ミューリの尻尾は左右に三往復していた。

「ですが、それでも私たちは共に神の名を奉ずる者。理解し合い、手を携えられるはずです」

髭の船長は一笑に伏そうとしたが、できていなかった。

それくらいこちらの言葉が綺麗ごとだったからというのもあろうが、話し終えるとおもむろに懐から大きな地図を取り出したからでもあるだろう。

ミューリを相手にしていてよくわかるが、怯んだほうが負けなのだ。

淡々と自分の話を進め、毅然とする。

「船長、そちらの船に、商いに詳しい方はいませんか？」

「な、に？」

「いらっしゃらないのですか？」

改めて問うと、手に武器を持っていた者たちは互いに顔を見合わせ、ざわざわし始めた。

やがてひょろりと背の高い男が、人垣から押し出されるようにして現れた。

まずミューリを見てびくりと足を止め、こちらを見て、首をすくめていた。

「えっと……あの……」

「こいつはうちの航海長で、元商人だ」

結構、とうなずいて、戦いでは足場に使われていたのだろう長机に地図を広げた。

ドネルに促され、航海長もやってきて、地図を覗き込む。

「アマレットさんは、ウーバンにて蝕の予言をしていたのではありません。ある伝説を追いかけていたのです」

「伝説？」

「天から落ちた星の話です。その話を、デュラン選帝侯は蝕の予言だと思い込んだのです」

「……」

ドネルと航海長は互いに顔を見合わせ、なんとも言えない顔をしていた。

与太話で煙に巻くにしては、あまりにも荒唐無稽すぎると思ったのだろう。

「この地図を見てください」

道に迷う者たちは、行き先を示されるとついそちらに気を取られてしまう。

地図を指させば、ドネルも航海長も揃ってそちらを見た。

「古代帝国時代、陸路で北の地を目指すには、ここを突っきるのが早かったのです」

教皇庁のある場所から、まっすぐ北に向かって指を滑らせる。

「今はもちろん、こんなところに道はありません。急峻な山脈に遮られているからです。普通は山脈沿いに西に向かい、どうにか人の手で作られた道を這うように進むしかありません。海路のほうは皆さんご存知かと思いますが、このように大きく南西周りで陸を迂回するほかありません」

海路についてはもちろん知識のある二人は、それで？　という視線を向けてくる。

「しかし、この古代の道を復活させられるとなったら、いかがですか？」

「あぁっ？　そんな話になんの意味が――」

怒り交じりに聞き返すドネルに、ミューリが唸って牙を見せる。

航海長は小さく悲鳴を上げてあとずさり、さしものドネルも口をつぐむ。

「意味はありますとも。あなたたちルウィック同盟は、南の地の奢侈品を多く取り扱うと聞きました。そして、ここに道が開通すれば、その南からの品を素早く北に運べるはずです」

「はあ⁉」

今度こそ言葉を失ったドネルは、呆気に取られたまま地図を見て、さらに食い入るように見て、それからようやく顔を上げて、こちらを見た。

「そんな馬鹿な話……いや、う、うん……？」

ドネルは言葉をなくし、また地図を見ていた。

常識を覆されるというのは、こういうことなのだ。

「いいですか？　アーベルクは、ウーバンから流れ出る川の終着点であると同時に、北の地へ向かうのに絶好の港です。ウィンフィール王国もさほど遠くなく、もちろん、あのコップ島も便利な位置にあります。考えてみてください。商売敵たちより一か月も早く南から北に品物を運べるのです。いかがですか？」

旅には金がかかる。時間が経てばそれだけ品物は悪くなるし、紛失や盗難、あるいは運び手が横流ししたくなる可能性も高くなる。

ドネル船長は、夢かどうかを確かめようとするみたいに、暴れ馬のたてがみにも似た髭を掴みながら唸った。

「あの薄明の枢機卿であるあんたが、俺たちと手を組もうってのか？」

「私は争いを起こしたいのではなく、教会が積み上げてきた不正を糺したいだけなのです」

「……」

ドネルはじっとこちらの目を見ていたが、先に目を逸らしたのもドネルだ。彼は鼻の下を親指でごしごし掻き、ミューリみたいに歯を食いしばる。

迷っているのだろう。

「だが、地図のここには選帝侯がいるだろうが」

ドネルが太い指を置いたのは、ウーバンだ。海と山の民は、古来より仲が悪い。

特にアーベルクは、流通の面でウーバンにずいぶんひどい仕打ちをしている。

「この道が開通すれば、この一帯の人々すべてに利益がもたらされます。特に要となるのはウーバンです。デュラン選帝侯の説得は、可能だと思っています」

「……」

ドネルはこちらを見て、それから提案に傾きがちになっていることを誤魔化すように、地図に目を向けた。

「……で？」

「選帝侯は戦に向いた性格ではなく、古くより武威を尊ぶあの地域では、人々からあまり敬われていません。おまけに、流通において不利を強いられていますから、その点でも領地の人々から頼りなく見られ、不満を向けられています」

その不利を強いているルウィック同盟側のドネルは、懸命に強気を装ってこちらを見た。

「俺たちにどうしろって言うんだ？」

「もしもあなたたちが正当な取引を行い、ウーバンの人々の生活を締め上げるようなことをやめれば、そしてそれをデュラン選帝侯の功績というかたちにすれば、おそらくデュラン選帝侯は政治的な危機を回避できるはずです」

そして、自分は地図の一点を示した。

アマレットが、そこに月を狩る熊の狩り取った星が落ちているはずだという、山脈の一角だ。

「あなたたちには、侯に花を持たせるのと引き換えに、南へと繋がる道が通じた暁には、流通特権を得ることができるように計らいます。だとしたら、いかがですか？」

南は豊かな土地で、気候も温暖なために様々な食べ物で溢れている。さらには砂漠の地へと繋がる陸路、海路があり、見たこともないような珍奇な品が流通する。

それを圧倒的な速さで、アーベルクまで運べたとしたら。

「もちろん、北の品物を南に運ぶことだってできます。船長、私の後ろ盾は、ウィンフィール王国です」

ミューリがよくそうするように、船長に顔を近づけた。

潮と太陽で焼けた赤ら顔の中では、妙につぶらなその瞳が、ぎょろりとこちらを見る。

「王国は、羊毛の大産地です」

船で運べば確かに早いが、季節によっては逆風のために流通が滞る。

けれどまともな陸路が開通すれば、一年中流通を止めずに済むかもしれない。

もちろん、これらはすべて仮定の話で、本当にうまくいくかどうかはわからない。

だが、信仰とは本来、そういうもののはずだ。

明日は良い日になるだろうと信じるから、神に祈るのだ。

「アーベルクに戻り、同盟の皆さんにこの話を諮ってくれませんか？」

当然、ドネルだけではこんな話を決められない。

しかしこの話の利益は、商いに従事する者ならば誰にだって簡単に予想がつく。

それに少なくともこの海の上での争いは、勝敗がほぼ決している。

ヴァダンたちは完全に陣容を整え直し、いつでも反撃に出る構えだし、そもそもドネルたちが不穏な動きを見せれば、たちまちこの甲板が血の海になるのはミューリを見れば明らかだ。

だとすれば、無駄にあがいて被害を出すよりも、無傷でいくばくかの手土産を持って帰るべき……。

この船長は、海で嵐に巻き込まれ、進むべきか引くべきか、そんな判断を何度も繰り返してきたはず。

ドネルは目を閉じ、歯の間から絞り出すように言った。

「俺の話だけで、商会の連中を信じさせるのは難しい」

自分はすぐにうなずいた。

「もちろん私も説明に伺います。アマレットさんも、皆さんに嘘をついていたのを謝りたいそうですし」

ドネルはついに食いしばっていた歯を緩め、肩を落とした。

けれどその目は、広げられた地図を見続けている。

そこを荷物が自由に流通し、南と北が繋がった時、どんな商いが行われるのかという想像を止められないのだろう。

転んでもただでは起きない、と商人たちの合言葉にはある。

聖職希望者も、転んだら神の与えたもうた試練だと喜ぶので似たようなもの。

似た者同士、理解し合うための方法はあるのだ。

「へっ」

ドネルは鼻を鳴らし、体をひねった。

ミューリが耳を立て、思わず噛みつこうとしたのは、剣を抜く動作に見えたからだろう。

「お偉いさん連中の驚く顔が、楽しみだよ」

ドネルはそう言って、服で拭った手を差し出してくる。

その手を握り返すと、ドネルは鼻を鳴らし、部下たちに撤退を命じたのだった。

終

幕

手紙をたくさん書いた。

出だしには常に謝罪と言い訳を付け加えねばならなかったし、いざ顔を合わせれば手紙に書いた以上の言葉が必要だろうと覚悟していた。

それでもすべてを丸く収めるには、これしかない。

月を狩る熊の伝説を利用して、北と南を繋ぐ大回廊を復活させるのだ。

「この兄にして、この犬っころありって感じだな」

アーベルクに戻り、アマレット奪還を話せば、シャロンは呆れ果てていた。

「だがまあ、月を狩る熊の狩った星？　ってのが本当にあるのかって点を除けば、まあまあうまくいくんじゃないか？　あんたはどうだい？」

シャロンは渡された問題を持て余すかのように、ル・ロワに話を振っていた。

「コル様は本を書かれるべきですな。説教書より先に、冒険譚を」

そしてル・ロワは、腹を揺らして笑っていた。

「ルウィック同盟に所属する商会は、新たな商いを喉から手が出るほど欲しがっているはずです。彼らにとって、金貨に良し悪しなどありません。金貨は金貨です。悪くない案だと思いますよ。それに、教会には黙っていればいいわけですし」

実に愉快そうに肩を揺らして笑うル・ロワに、自分もつきあって笑っていいのか迷うところではあったが、少なくともひとまずのお墨付きは得た。

「じゃあ、私らはこの計画をハイランドの奴に伝えて、王国を代表して交渉できそうな奴らを連れてくればいいんだな？」

ハイランドの協力が必要なのは、南からきた商品の対価としての、羊毛を用意するためだ。商品はあちこちで交換され、長い旅路を経て、目的地へとたどり着く。

その際、片方から荷物が一方的に届くだけでは、良い商いとはいえない。

「はい。ただ、無茶な提案だとはわかっています。お叱りは覚悟していますとお伝えください」

一応ハイランドに向けた手紙は、長く、とても長いものを用意した。

「そうか？　ふたつ返事だと思うがね」

シャロンはそんなことを言って、手紙の束をひらひらと振っていた。

その後シャロンは、聖典の俗語翻訳版のことで印刷工房に赴きたいというル・ロワと共に、ウィンフィール王国に向けて旅立った。

自分たちはその出港を見送る暇もなく、エシュタットにいるエーブに手紙を出した。計画の要となる、商いの交渉において助言が欲しかった。

ただ、それは半分以上建前で、こんな大きな取引に関わらせなかったら、激怒するとわかりきっていたからだ。エーブが出てくると混乱が増さないかという不安はあったが、イレニアもエーブに会いたいらしかったので、事情を説明する手紙の最後に、よってアーベルクまできてほしい、と綴っておいた。

最後の難関として残っているのが、デュラン選帝侯だ。こちらは手紙で報告するなどとてもできないので、自分が直接赴くしかない。

特にこの計画には、選帝侯の協力が絶対に必要だったから、なんとしてでもこの計画に同意するよう、説得しなければならない。渦中のアマレットを連れてウーバンに赴き、月を狩る熊の伝説から説明する必要がある。

その困難は予想されるが、やらねばならないとわかっていることなので、腹をくくるほかないというあきらめからくる、逆説的な落ち着きはあった。

本当に気が重いのは、最後に残っていた大仕事のほうだ。

それはルウィック同盟への対応に関することだった。

というのも、ドネルを通じて計画を持ち込み、みんなが花を持つかたちでどうにか収められないかと提案したわけだが、同盟側からすると、はいそうですかと言いにくいそれなりの理由があるからだ。

アマレットが蝕の予言を追いかけていたのかどうか、本当のところは確かめようがない。だから憎き薄明の枢機卿が言葉を弄し、蝕の予言の秘密を握った天文学者と共に悠々とウーバンに凱旋するつもりなのかもしれないという可能性を、同盟側は捨てきれないわけだ。

あの海戦の後、ドネル船長と一緒にアーベルクに戻った自分は、誠意を示すためにそのまま同盟所属の商会に乗り込んだ。

同盟側はアマレットを巡る計画が失敗したことを悟ると同時に、宿敵ともいえる薄明の枢機卿の突然の登場に大混乱をきたしていたが、ドネルと共に途方もない計画について話すと、たちまち黙りこくった。

なにが起こっているのか、という戸惑いのほうが大きかったろうが、この計画がもしも本物だった時のことを考え、算盤を弾くのに忙しそうでもあった。

とはいえ彼らは、神に金を貸す時でも契約証を欠かさない商人たち。

薄明の枢機卿に騙されている可能性を捨てきれず、薄明の枢機卿が選帝侯の説得のため、アマレットと共にウーバンに向かうのならば、それ相応の保証が欲しいと求めてきた。

ミューリはこちらを疑う彼らに苛立っていたが、彼らの立場に立てば当然の懸念である。

むしろこんな計画に前向きになってくれただけでも奇跡に近い。

それは彼らがそれだけ追い詰められていたことの裏返しでもあるだろうし、ル・ロワが言ったように、ルウィック同盟は様々な思惑を持つ商人たちの集合体だからだろう。

アーベルクの同盟員たちは利害を整理し、彼らの利益を天秤に載せることとなった。

けれど彼らも危ない橋を渡るわけだから、前に進むには保証が欲しい。

そこで自分は、一計を案じることとなった。

「大変、心苦しいのですが、アーベルクに残ってもらえませんか?」

宿の部屋で、ベッドに腰掛けるミューリの前に、膝をついた。

「じゃあ兄様は私をここに置き去りにして、あの占い師さんと二人、お手々を繋いで山にお散歩にいくってことなんだ？」

「……」

その尻尾がいつもより膨らんで、不機嫌そうにベッドを叩いている。

ミューリはただでさえ、あの船での追跡劇の後、機嫌がよくなかった。

原因は、船室でのアマレットとのやり取りにあったらしい。

アマレットから信頼を得るためとは、ミューリもわかっていた。太陽の聖女の振りをする中で、聖職者の役割みたいなものについても、なんとなく理解し始めていたからだ。

けれど打ちひしがれるアマレットを抱擁したことについて、ミューリの中ではずっとくすぶるものがあったようだ。

加えて、敵船に乗り込んで血路を開くという大仕事も、ミューリ的にはいまいち燃えきらなかったらしくて、そこも不満たらたらだった。もっとものすごい大立ち回りの、年代記に残るような海戦を思い描いていたのだろう。

おかげでアーベルクに戻ってからは、ご機嫌斜めの狼は昼夜の別なく机にかじりつくと、こうあるべきだったはずなのに、という海戦の様子を書き記していた。

そのミューリに、自分はアマレットと共にウーバンに赴くから、アーベルクで留守番をしてくれと頼まなければならない。

最難関の試練といえるだろう。

「選帝侯を説得し、蝕の予言をあきらめさせ、私たちの計画に同意してもらわねばなりません。こんなこと、手紙で済ませられませんし、同盟側の懸念を考えると、それなりに重要な人物がこのアーベルクに残らないとなりません。とにかく選帝侯を説得しましたら、すぐにこちらに戻ってきますから」

行き帰りの行程も含めて、長くても二週間くらいだろうか。

大人の自分からするとすぐだが、子供の頃を思い返すと、二週間というのは長い。

「それで？」

ミューリの冷ややかな一言が向けられる。

ドネルに対しては優位に立てたが、それはまさにこのミューリに鍛えられたから。

その師匠が、お怒りになられている。

しかし。

「ミューリ」

いい加減にしなさい、という感情を込めてその名を呼んだ。

ミューリの尻尾がぴんと跳ね、驚いたように目を逸らす。

「あなたの色々な不満はある程度理解しています。もちろん、船の上での働きにはとても感謝しています。あなたがいなければどうにもなりませんでしたし、なによりこの計画を思いついたのは、あなたの言葉のおかげです。ですから、ここに戻ってきてからずっと、あなたのわがままを聞いているでしょう？」

ベッドに腰掛けたミューリの髪の毛は、これから舞踏会かというくらいに綺麗に編み込まれていた。編み込む前には、念入りに櫛で梳かすよう命じられた。

食事の際には魚の骨を取らされて、肉を切り分けさせられ、あーんと開けられた口にせっせと運ばされることも多々あった。

もう十分にわがままを聞いてきたが、意地汚いミューリだ。果実の皮についた最後の果肉まで削り取ろうという腹積もりだろう。

最後に大きくかぶりつくのに、この留守番の件は特におあつらえ向き。

けれど子狼は、目測を見誤った。

ため息をつきながら立ち上がれば、それがある種のお芝居の終わりだと、ミューリにも伝わったらしい。

こちらを見たミューリは、寂しそうな、選択を間違えたことを悔やむような顔をしていた。

「あなたには、申し訳ありませんが、商会への人質になってもらいます」

「……」

自分とアマレットが選帝侯の説得に向かう間、同盟を納得させるための交換条件が、それだった。ミューリなら人質として、十分な価値がある。そしてこちら側からすれば、いざという時にでも一人で対処できるだろうという、安心感がある。

ルウィック同盟側に、ミューリの脅威となりうる人ならざる者がいないことは、すでにヴァダンたちが念入りに調べている。

商会の施設で留守番中は、彼ら鼠たちが常に側にいるので、寂しくもないはずだ。

「しばし、一人旅ですね」

冗談めかして言うと、ミューリは全然面白くないと顔いっぱいに表現していた。

子供丸出しにむくれてそっぽを向くミューリにため息をつく。

「月を狩る熊の、狩った星を見つける段になったら、また色々活躍できますよ」

アマレットは今の星図と古代の星図を見比べることで、古代帝国の軍がどこで星の落下に出くわしたのか、ある程度の場所は絞り込めているらしい。

けれどそれはあくまで理論上の話にすぎず、長い年月の中で土砂に埋もれている可能性だってある。人の手だけで捜すのは大変だろうから、ミューリたちの力も借りることになっている。

月を狩る熊の伝説についてさらに助言を乞うために、錬金術師のディアナにも協力の手紙を書いたくらいだ。

「しばらくの間、我慢してくれますね？」

むくれたミューリは顔を動かさない。

ある種の我慢比べ、というのは長年の経験からわかっていた。

しかも今までのことを振り返ると、甘やかしすぎていたのではと思わなくもない。ならば兄の威厳をかけ、見つめ返し……とまで思ったのだが、結局、先に肩を落としたのは自分だった。

ミューリはたちまち勝ち誇ったように狼の耳を立てるが、自分は負けたわけではない。

この手ごわい狼の倒し方を、存分に心得ているだけだ。

「私は聖職を希望する者です。信仰にて人を導き、その言葉の力によって、戦うのです」

突然なにを？　とミューリがこちらを見たが、それが巣穴から顔を出させるための作戦とでも思ったのか、すぐにまた顔を背けていた。

自分はそんなミューリに小さく笑い、今度は膝をつくのではなく、幼子をあやすようにその前にしゃがみ込む。

それからミューリが膝の上できつく握りしめている手を取って、顔を見上げた。

「想像してみてください」

「……なにを」

忌々しそうに聞き返すお転婆娘。

自分は星占いなどできないし、蝕の予言みたいなこともできない。

しかし、別の種類の予言ならできる。

「あなたはこれから、敵に囚われの身となるのです。私はその間、懸命に己の使命を果たしてきます。楽な道のりではありませんし、侯の説得がうまくいくかどうかもわかりません。それでも私は全力を尽くし、すべてを成し遂げて、再びこの街に戻ってきます」

旅装束はぼろぼろになり、頬はこけ、けれどその目には力強く光を称える旅人の姿を思い描く。ミューリが空想の冒険譚に書く英雄像は、大体そんな人物だからだ。

「私は最後に、あなたの捕らわれている部屋の扉を、この手で開けることでしょう」

カナンがウーバンの牢に入る時、ミューリは自分が入ってもよかったと言った。

なぜなら。

「姫を助け出すのが、騎士の役目ですからね」

剣を振り回してお転婆ばかりのミューリだが、ちゃっかり少女らしい趣味も持っている。

兄を守るのだと腰に剣を佩いて騎士の紋章を掲げていても、そういう願望ももちろんある。

「私のことを信じて、待っていてくれますか？」

その言葉と共に、ミューリのことを精いっぱい誠実に見上げてみせた。

尻尾の毛先を震わせて、狼の耳をきんきんに尖らせていたミューリは、人のほうの耳が真っ赤だった。

「……うん」

小さく、なにかを飲み込むようにうなずいたミューリは、上目遣いにこちらを見た。

「……。その時、ぎゅってしてくれる？」

今までしなかったことがありますかと言いたくなるのをこらえ、「もちろんです」と答えた、その直後。

ミューリはいきなり飛びかかってきた。

「ちょっと、あの――ミューリ！」

押し倒され、しがみついてくるミューリを引きはがそうとするが、その尻尾が嬉しそうにぱたぱたするだけでまったく動かない。

しばらくもがいたが、びくともしないミューリに冷たく言った。

「今しがみつくということは、騎士とお姫様のお芝居はいらないってことですね？」

するとミューリはこちらの胸から顔を上げ、鋭く睨みつけてくる。

「それはそれ！　これはこれ！」

それからまた嬉しそうにしがみついてくる。

「まったくもう……」

頭から力を抜くと、ごん、と床が音を立てた。

これからアマレットを連れ、困難な交渉に赴かなければならない。

そうしたらデュラン選帝侯のみならず、ハイランドやら偉い人たちをここアーベルクか、ウーバンに集め、大きな地図上に変化をもたらすくらいの計画を相談しなければならない。

そして月を狩る熊の狩った星が見つかれば、商いの世界が変わるだけではないのだ。謎に満ちた精霊時代の災厄についても、なにか新しいことがわかるだろう。

そしてなによりも、デュラン選帝侯を味方につけてルウィック同盟の一部とまで手を組めたのならば、教会との公会議に向けて、明るい展望を描きやすくなる。

つまりは世界に正義を実現できるかどうかが、薄明の枢機卿の働き如何にかかっている。

「しかしその実態がこんなだとは、誰も思いませんよね……」

引きはがすのをあきらめて、ミューリの背中に手を回し、寝かしつけるみたいにぽんぽんと叩いてやる。ふと気配を感じて視線を右のほうに向ければ、壁の隙間から子鼠が顔を出していた。

ほどなく子鼠は奥のほうから尻尾を引っ張られて姿を消したので、あとで彼らに色々説明しておく必要があるだろう。

「ねえ、兄様」

「なんです？」

「やっぱりお嫁さんに——」

「しません」

鼠たちに聞こえるよう、もう一度言ったあたりで、ミューリの手に口をふさがれた。

「もう！　占い師さんに占ってもらったら、私と兄様は最高の星回りって言われたのに！」

「はあ？」

アマレットになにを頼んでいるのか。

というか自分とミューリは良い星回りの関係と言うより、よく振り回されている関係、と言うほうが正しいだろう。

そんなことを思いながら、空で追いかけっこをするふたつの彗星を思い浮かべた。

けれど相手は、太陽の聖女様だ。

小さな星では厳しい勝負になるだろうと、苦々しく笑ったのだった。

あとがき

いつもお世話になっております。支倉です。

本シリーズもいつのまにか十巻目。『狼と香辛料』のコミックス完結等に合わせてなにかやりましょう、というのが発端だったのですが、気がつけば自著のシリーズの中では二番目の長さになっていました。よもやこんなに続くとは。

読者の皆様におかれましては、もうしばしお付き合いいただけましたらと思います。


という感じであとがきのページを全部埋められないかなと思ったのですが、書いてみたら五行で終わってしまいました。実は今このあとがきは、校正した原稿を編集部に送り、一緒にあとがきもお願いしますねと言われていたのに忘れていて、先ほど催促のメールを見て慌てて書いています。

足裏マッサージに行く前に気がついたのが、不幸中の幸いかもしれません。

ただ、深刻なあとがき用ネタ不足は否めず、すぐに思いついたのは四十肩がだんだん快方に向かっていますという報告くらいで、今からこんな健康ネタやってたらこの先どうなるんだろうと思って書くのを躊躇っていましたが、結局書いてしまいました。

このあとがきを書くのは、数少ない自分の生活を振り替える機会なのですが、振り返ると驚くほど変化のない毎日で驚きます。多分上の文章に校正さんから指摘が入ると思いますが、文字数を稼いでいるのです。いるのです。

例年なら、季節ごとに一回くらいはその季節らしいことをしたいということで、確定申告の作業を雪の降る温泉旅行先とかでやってたんですが、今年は暖冬過ぎてまったく行く気が起きませんでした。そして三月になって急に寒い……。

恐れていた花粉症は今年も発症している感じではないので、そこだけは救いです。東京都民は半分くらいが花粉症らしいというデータを見て、怖かったです。

そうそう。本書が刊行される頃には『狼と香辛料』の新アニメも放映されているかと思います。本シリーズを追いかけてくれている皆様は、第一話の冒頭シーンに、イヤッホウ！　となったかと思われますが、私もなりました。

未視聴の方は、冒頭だけでもぜひどうぞ。

というわけでページが埋まってくれました！　それではまた次の巻でお会いしましょう！

支倉凍砂

◉支倉凍砂著作リスト

「狼と香辛料Ⅰ〜XXIV」（電撃文庫）
「新説　狼と香辛料　狼と羊皮紙Ⅰ〜Ⅹ」（同）
「マグダラで眠れⅠ〜Ⅷ」（同）
「少女は書架の海で眠る」（同）
「WORLD END ECONOMiCA（ワールドエンドエコノミカ）Ⅰ〜Ⅲ」（同）
「DVD付き限定版　狼と香辛料　狼と金の麦穂」（電撃文庫ビジュアルノベル）

本書に対するご意見、ご感想をお寄せください。

ファンレターあて先
〒102-8177　東京都千代田区富士見2-13-3
電撃文庫編集部
「支倉凍砂先生」係
「文倉 十先生」係

本書は書き下ろしです。

電撃文庫

新説 狼と香辛料
狼と羊皮紙X

支倉凍砂

2024年4月10日　初版発行

発行者　山下直久
発行　株式会社KADOKAWA
〒102-8177　東京都千代田区富士見2-13-3
0570-002-301（ナビダイヤル）
装丁者　荻窪裕司（META＋MANIERA）
印刷　株式会社暁印刷
製本　株式会社暁印刷

●お問い合わせ
https://www.kadokawa.co.jp/（「お問い合わせ」へお進みください）
※内容によっては、お答えできない場合があります。
※サポートは日本国内のみとさせていただきます。
※ Japanese text only
※定価はカバーに表示してあります。

ISBN978-4-04-915558-7　C0193　Printed in Japan

電撃文庫　https://dengekibunko.jp/